U0901989

漫漫人生，步履不停

陈忠实 著

古吴轩出版社

图书在版编目（CIP）数据

漫漫人生，步履不停 / 陈忠实著. -- 苏州 : 古吴轩出版社，2020.11
ISBN 978-7-5546-1623-9

Ⅰ. ①漫… Ⅱ. ①陈… Ⅲ. ①散文集－中国－当代 Ⅳ. ①I267

中国版本图书馆CIP数据核字(2020)第200482号

责任编辑：李爱华
见习编辑：沈欣怡
策　　划：樊新乐
装帧设计：仙境设计

书　　名：漫漫人生，步履不停
著　　者：陈忠实
出版发行：古吴轩出版社
地址：苏州市八达街118号苏州新闻大厦30F　　邮编：215123
电话：0512-65233679　　传真：0512-65220750
出 版 人：尹剑峰
经　　销：新华书店
印　　刷：天津旭非印刷有限公司
开　　本：880×1230　1/32
印　　张：8
版　　次：2020年11月第1版　第1次印刷
书　　号：ISBN 978-7-5546-1623-9
定　　价：49.00元

宠辱忧欢不到情，任他朝市自营营。

独寻秋景城东去，白鹿原头信马行。

目录

一 人生是一段一段的，每一段都自成风景

二 这一刻，世界对我来说就是白鸽

三 在河之洲的诗与日子

四 生命中最温暖的一隅

㊄ 游侠少年，又见长安

一

人生是一段一段的，每一段都自成风景

人生其实也类似这河堤，
分作一段一段的，
这一段到头了，
下段又从这儿开始，
一直延伸成为一个生命的河流。

晶莹的泪珠

我手里捏着一张休学申请书朝教务处走着。

我要求休学一年。我写了一张要求休学的申请书。我在把书面申请交给班主任的同时，又口头申述了休学的因由，发觉口头申述因为穷而休学的理由比书面申述更加难堪。好在班主任对我口头和书面申述的同一因由表示理解，没有经历太多的询问便在申请书下边空白的地方签写了“同意该生休学一年”的意见，自然也签上了他的名字和时间。他随之让我等一等，就拿着我写的申请书出门去了，回来时那申请书上就增加了校长的一行签字，比班主任的字签得少自然也更简洁，只有“同意”二字，连姓名也简洁到只有一个姓，名字略去了。班主任对我说：“你现在到教务处去办手续，开一张休学证书。”

我敲响了教务处的门板。获准以后便推开了门，一位年轻的女先生正伏在米黄色的办公桌上，手里捉着长杆蘸水笔在一厚本表册上填写着什么，并不抬头。我知道开学报名时教务处最忙，忙就忙在许多要填写的各式表格上。我走到她的办公桌前鞠了一躬："老师，给我开一张休学证书。"然后就把那张签着班主任和校长姓名和他们意见的申请递放到桌子上。

她抬起头来，诧异地瞅了我一眼，拎起我的申请书来看着，长杆蘸水笔还夹在指缝之间。她很快看完了，又专注地把目光留滞在纸页下端班主任签写的一行意见和校长更为简洁的意见上面，似乎两个人连姓名在内的十来个字的意见批示，看去比我大半页的申请书还要费时更多。她终于抬起头来问：

"就是你写的这些理由吗？"

"就是的。"

"不休学不行吗？"

"不行。"

"亲戚全都帮不上忙吗？"

"亲戚……也都穷。"

"可是……你休学一年，家里的经济状况也不见得能改变，一年后你怎么能保证复学呢？"

于是我就信心十足地告诉她我父亲的精确安排计划：待到明年我哥哥初中毕业，父亲谋划着让他投考师范学校，师范生的学杂费和伙食费全由国家供给，据说还发3块钱零花钱。那时候我就可以复学接着念初中了。我拿父亲的话给她解释，企图消除她对我能否复学的疑虑："我伯伯说来，他只能供得住一个中学生；俺兄弟俩同时念中学，他供不住。"

我没有做更多的解释。我的爱面子的弱点早在此前已经形成。我不想再向任何人重复叙述我们家庭的困窘。父亲是个纯粹的农民，供着两个同时在中学念书的儿子。哥哥在距家40多里远的县城中学，我在离家50多里的西安一所新建的中学就读。在家里，我和哥哥可以合盖一条被子，破点旧点也关系不大。先是哥哥接着是我要离家到县城和省城的寄宿学校去念中学，每人就得有一套被褥行头，学费杂费伙食费和种种花销都空前增加了。实际上轮到我考上初中时已不再是考中秀才般的荣耀和喜庆，反而变成了一团浓厚的愁云忧雾笼罩在家室屋院的上空。我的行装已不能像哥哥那样有一套新被子新褥子和新床单，被简化到只能有一条旧被子卷成小卷儿背进城市里的学校。我的那一绺床板终日裸露着缝隙宽大的木质板面，晚上就把被子铺一半再盖上一半。我也不能像哥哥那样由父亲把一整袋面粉送交给学生灶，而只能是每周六回家来背一袋杂面馍馍到学校去，因为学校灶上的管理制度规定一律交麦子面，而我们家总是短缺麦子而包谷面还算宽裕。这样的生活我并未意识到有什么不好。因为背馍上学的学生远远超过能搭得起灶的学生人数，每到三顿饭时，背馍的学生便在开水灶的一排供水龙头前排起五六列长队，把掰碎的各色馍块装进各自的大号搪瓷缸子里，用开水浸泡后，便三人一堆五人一伙围在乒乓球台的周围进餐，佐菜大都是花钱买的竹篓咸菜或家制的腌辣椒，说笑和争论的声浪甚至压制了那些从灶房领取炒菜和热饭的“贵族阶层”。

这样的念书生活终于难以为继。父亲供给两个中学生的经济支柱，一是卖粮，一是卖树，而我印象最深的还是卖树。父亲自青年时就喜欢栽树，我们家四五块滩地地头的灌渠渠沿上，是纯一色的生长最快的小叶杨树，稠密到不足一步就是一棵，粗的可做檩条，细的能当椽子。父亲卖树早已打破了先大后小、先粗后细的普通法则，一切都是随买家的需要而定，需要檩条就任其选择粗的，需要椽子就让他们砍伐细的。所得的票子全都经由哥哥和我的手交给了学校，或是换来书籍课本和作业本以及哥哥的菜票、我的开水费。树卖掉后，父亲便迫不及待地刨挖树根，指头粗细的毛根也不轻易舍弃，把树根劈成小块晒干，然后装到两只大竹条笼里挑起来去赶集，卖给集镇上那些饭馆药铺或供销社单位。100斤劈柴的最高时价为1.5元，得来的块把钱也都经由上述的相同渠道花掉了。直到滩地上的小叶杨树在短短的三四年间全部砍伐一空，地下的树根也掏挖干净，渠岸上留下一排新插的白杨枝条或手腕粗细的小树……

我上完初一第一学期，寒假回到家中便预感到要发生重要变故了。新年佳节弥漫在整个村巷里的喜庆气氛与我父亲眉宇间的那种根深蒂固的忧虑形成强烈的反差，直到大年初一刚刚过去的当天晚上，父亲便说出来谋划已久的决策：“你得休一年学，一年。”他强调了一年这个时限。我没有感到太大的惊讶。在整个一个学期里，我渴盼星期六回家又惧怕星期六回家。我那年刚刚13岁，从未出过远门，而一旦出门便是50多里远的陌生的城市，只有星期六才能回家一趟去背馍，且不要说一周里一天三顿开水泡馍所造成的对一碗面条的迫切渴望了。然而每个周六在吃罢一碗香喷喷的面条后便进入感情危机，我必须说出明天返校时要拿的钱数儿，1元班会费或5角集体买理发工具的款项。我知道一根丈五长的椽子只能卖到1.5元钱，一丈长的椽子只有8角到1元的浮动区。我往往在提出要钱数目之前就折合出来这回要扛走父亲一根或两根椽子，或者是多少斤树根劈柴。我必须在周六晚上提前提出钱数，以便父亲可以从容地去借款。每当这时我就看见父亲顿时阴沉下来的脸色和眼神，同时，夹杂着短促的叹息。我便低了头或扭开脸不看父亲的脸。母亲的脸色同样忧愁。父亲的脸色一旦成了那种样子，我就不忍对看或者不敢对看。父亲生就的是一脸的豪壮气色，高眉骨大眼睛通直的高鼻梁和鼻翼两边很有力度的两道弯沟，忧愁蒙结在这样一张脸上似乎就不堪一睹……我曾经不止一次地产生过这样的念头：为什么一定要念中学呢？村子里不是有许多同龄伙伴没有考取初中仍然高高兴兴地给牛割草给灶里拾柴吗？我为什么要给父亲那张脸上周期性地制造忧愁呢？……父亲接着就讲述了他让哥哥一年后投考师范的谋略，然后可以供我复学念初中了。他怕影响一家人过年的兴头儿，所以压在心里直到过了初一才说出来。我说："休学？"父亲安慰我说："休学一年不要紧，你年龄小。"我也不以为休学一年有多么严重，因为同班的50多名男女同学中有不少人都结过婚，既有孩子的爸爸，也有做了妈妈的。这在50年代初并不奇怪，新中国成立后才获得上学机会的乡村青年不限年龄。我是班里年龄最小、个头最矮的一个，座位排在头一张课桌上。我轻松地说："过一年个子长高了，我就不坐头排头一张桌子咧——上课扭得人脖子疼……"父亲依然无奈地说："钱的来路断咧！树卖完了。"

她放下夹在指缝间的木制长杆蘸水笔，合上一本很厚很长的登记簿，站起来说："你等等，我就来。"我就坐在一张椅子上等待，总是止不住她出去干什么的猜想。过了一阵儿她回来了，情绪有些亢奋也有点激动，一坐到她的椅子上就说："我去找校长了……"我明白了她的去处，似乎验证了我刚才的几种猜想中的一种，心里也怦然动了一下。她没有谈她找校长说了什么，也没有说校长给她说了什么。她现在双手扶在桌沿上低垂着眼，久久不说一句话。她轻轻舒了一口气，扬起头来时我就发现，亢奋的情绪已经隐退，温柔妩媚的气色渐渐回归到眼角和眉宇里来了，似乎有一缕淡淡的无能为力的无奈。

她又轻轻舒了口气，拉开抽屉取出一本公文本在桌子上翻开，从笔筒里抽出那支木杆蘸水笔，在墨水瓶里蘸上墨水后又停下手，问："你家里就再想不出办法了？"我看着那双滋浮着忧郁气色的眼睛，忽然联想到姐姐的眼神。这种眼神足以使任何被痛苦折磨着的心平静下来，足以使任何被痛苦折磨得心力交瘁的灵魂得到抚慰，足以使人沉静地忍受痛苦和劫难而不至于沉沦。我突然意识到因为我的休学致使她心情不好这个最简单的推理，而在校长、班主任和她中间，她恰好是最不应该产生这种心情的。她是教务处的一位年轻职员，平时就是在教务处做些抄抄写写的事，在黑板上写一些诸如打扫卫生的通知之类的事，我和她几乎没有说过话，甚至至今也记不住她的姓名。我便说："老师，没关系。休学一年没啥关系，我年龄小。”她说：“白白耽搁一年多可惜！”随之又换了一种口吻说：“我知道你的名字也认得你。每个班前三名的学生我都认识。”我的心情突然灰暗起来而没有再开口。

她终于落笔填写了公文函，取出公章在下方盖了，又在切割线上盖上一枚合缝印章，吱吱吱撕下并不交给我，放在桌子上，然后把我的休学申请书抹上浆糊后贴在公文存根上。她做完这一切才重新拿起休学证书交给我说：“装好。明年复学时拿着来找我。”我把那张硬质纸印制的休学证书折叠了两番装进口袋。她从桌子那边绕过来，又从我的口袋里掏出来塞进我的书包里，说：“明年这阵儿你一定要来复学。”

我向她深深地鞠了躬就走出门去。我听到背后咣当一声闭门的声音，同时也听到一声“等等”。她拢了拢齐肩的整齐的头发朝我走来，和我并排在廊檐下的台阶上走着，两只手插在外套的口袋里。走过一个又一个窗户，走过一个又一个教室的前门和后门，校园里和教室里出出进进着男女同学，有的忙着去注册去交费，有的已经抱着一摞摞新课本新作业本走进教室，还有从校门口刚刚进来的背着被卷馍袋的迟来者。我忽然心情很不好受，在争取到了休学证后心劲松了吧？我很不愿意看见同班同学的熟悉的脸孔，便低了头匆匆走起来，凭感觉可以知道她也加快了脚步，几乎和我同时走出学校大门。

学校门口又涌来一拨偏远地区的学生，熟悉的同学便连连问我：“你来得早！报过名了吧？”我含糊地笑笑就走过去了，想尽快远离正在迎接新学期的洋溢着欢悦气浪的学校大门。她又喊了一声“等等”。我停住脚步。她走过来拍了拍我的书包：“甭把休学证弄丢了。”我点点头。她这时才有一句安慰我的话：“我同意你的打算，休学一年不要紧，你年龄小。”

我抬头看她，猛然看见那双眼睫毛很长的眼眶里溢出泪水来，像雨雾中正在涨溢的湖水，泪珠在眼里打着旋儿，晶莹透亮。我瞬即垂下头避开目光。要是再在她的眼睛里多驻留一秒，我肯定就会号啕大哭。我低着头咬着嘴唇，脚下盲目地拨弄着一颗碎瓦片来抑制情绪，感觉到有一股热辣辣的酸流从鼻腔倒灌进喉咙里去。我后来的整个生命历程中发生过多次这种酸水倒流的事，而倒流的渠道却是从14岁刚来到的这个生命年轮上第一次疏通的。第一次疏通的倒流的酸水的渠道肯定狭窄，承受不下那么多的酸水，因而还是有一小股从眼睛里冒出来，模糊了双眼，顺手就用袖头揩掉了。我终于扬起头鼓起劲儿说：“老师……我走咧……”

她的手轻轻搭上我的肩头：“记住，明年的今天来报到复学。”

我看见两滴晶莹的泪珠从眼睫毛上滑落下来，掉在脸鼻之间的谷地上，缓缓流过一段就在鼻翼两边挂住。我再一次虔诚地深深鞠躬，然后就转过身走掉了。

25年后，卖树卖树根（劈柴）供我念书的父亲在癌病弥留之际，对坐在他身边的我说：“我有一件事对不住你……”

我惊讶得不知所措。

“我不该让你休那一年学！”

我浑身战栗，久久无言。我像被一吨烈性梯恩梯炸成碎块细末儿飞向天空，又似乎跌入千年冰窖而冻僵四肢冻僵躯体也冻僵了心脏。在我高中毕业名落孙山回到乡村的无边无际的彷徨苦闷中，我曾经猴急似的怨天尤人："全都倒霉在休那一年学……"我1962年毕业恰逢中国经济最困难的年月，高校招生任务大大缩小，我们班里剃了光头，四个班也仅仅只考取了一个个位数，而在上一年的毕业生里我们这所不属重点的学校也有50%的学生考取了大学。我如果不是休学一年当是1961年毕业……父亲说："错过一年……让你错过了20年……而今你还算熬出点名堂了……"

我感觉到炸飞的碎块细末儿又归结成了原来的我，冻僵的四肢自如了、冻僵的躯体灵便了、冻僵的心又噔噔噔跳起来的时候，猛然想起休学出门时那位女老师溢满眼眶又流挂在鼻翼上的晶莹的泪珠儿。我对已经跨进黄泉路上半步的依然向我忏悔的父亲讲了那一串泪珠的经历，我称呼伯伯的父亲便安然合上了眼睛，喃喃地说："可你……怎么……不早点给我……说这女先生哩……"

我今天终于把几近40年前的这一段经历写出来的时候，对自己算是一种虔诚祈祷。当各种欲望膨胀成一股强大的浊流冲击所有大门窗户和每一个心扉的当今，我便企望自己如女老师那种泪珠的泪泉不致堵塞更不敢枯竭，那是滋养生命灵魂的泉源，也是滋润民族精神的泉源哦……

与军徽擦肩而过

进入高中最后一个学期，我的心境便进入一种慌乱，说惶惶不可终日也不为过。去向的把握不定，未来职业的艰难选择，前途的光明与黑暗，像一涡没有流向的混浊漩流翻腾搅和在心里，根本无法理出一个清晰的流向。我只觉得自己整个被那个漩流冲撞翻搅得变轻了。

把书念到高中即将毕业，十二年的读书生活中经历的无法诉说的经济艰难，此时都被即将结束这种艰难的兴奋所淡漠。仅仅在春节前的高三第一学期结束时，心境还是踏实的，还是一种进入最后冲刺的单纯和自信，还没有感觉到这种既无法出手又无法伸脚的惶惶和轻松。仅仅过罢春节，重新坐到自己的桌子前的最后一学期，才发觉一切都乱套了。这是高考前的最后四个月，是万米长跑的最后一百米，容不得任何杂念，只需要单纯，只需要咬紧牙关拼尽最后一丝力气冲过那条终点线闯进大学的校门里去。然而我却乱套了，无法凝神，也难以聚力，陷入一种漩流翻搅的无法判断、无法选择，也无法驾驭自己的艰难之中。造成这种混沌心态的直接因由，竟然全都是与军徽有关的事。

刚刚开学不久，突然传达下来验招飞行员的通知。校长在应届毕业生大会上传达了上级文件，班主任接着就在本班作了动员，然后分小组讨论，均是围绕着国防建设的神圣任务和青年个人的责任为主题的。虽然千篇一律，却是真诚的表白、真实的感动和心甘情愿的迫切。想想吧，驾驶飞机的飞行员，对于任何一个高中毕业生来说，简直是做梦都不敢想的好事，谁还会迟疑或说不呢？从切实的意义上说，所有动员和讨论都是多余的，因为这样的好事美差是争都争不来的。学校领导的用意却在于进行一次普遍的爱国主义教育。其实学校各级领导都知道，这几乎是一个只开花而不会结果的事。因为从本校历史上看，每届高中毕业生都要验招飞行员，结果依旧是零的纪录，从来没有从本校走出一个驾驶飞机保卫领空的学生。然而，仍然满怀热情和忠诚地层层动员，仍然满怀精忠报国的赤诚参加讨论和表白。参加验招的人选是由学校团委具体操办的。这样审查下来，一个班能参加身体检查的学生也就是十来个人，除去女生。更进一步也更严格的政治审查还在后头，要视身体检查的结果再定。我是这十余个经政审粗筛通过的幸运者之一，又是被大家普遍看好的几个人中的一个。我那时刚好二十岁，一年到头几乎不吃一粒药，打篮球可以连续赛完两场打满八十分钟，一米七六的个头，肥瘦大体均匀，尤其视力仍然保持在一点五，这在高三年级里是很值得骄傲的。尽管知道飞行员要求严格几乎是千里挑一，尽管知道本校历史上尚未出现过一个幸运儿的严峻事实，然而仍怀着一份侥幸和期望。也许，因为挑选太过严格，对所有被挑选者都是一个未知数，于是所有有资格进行测检的人反而都可以发生侥幸。我的侥幸大约在第四项检查时就轻易地被粉碎了。

“脱掉衣服。”医生说。

“再脱。”医生坐在椅子上，歪过头瞅我一眼又说。

“脱光。”医生又转过脸再次命令。

我赤条条地站在房子中间。尽管医生是位男性，但毕竟是陌生人，也毕竟是紧绷着阶级斗争之弦，也紧绷着道德之弦的60年代。我浑身的不自在，完全处于无助无倚的状态下，总想弯下腰去，不由自主地并拢紧夹住双腿，真想蹲下去。医生却不紧不慢地命令说：两腿叉开，站直了，双手平举。

我就照命令做出站姿。

医生从椅子上站起来，先走到我的背后，我感觉到那双眼睛在挑剔，在我的左肩胛骨下戳了戳；然后再走到我的前面，不看我的脸，却从脖颈一路看下去。

他仍然不看我又走回桌前，坐下，就在那个体检册上写起来。我慌忙穿好衣服，站到他的面前，等待判词。他不紧不慢地说：“你不用再检查了。”

飞行员与普通兵身体检查的不同之处就在这里，某一项不合格就终止检查。我问哪儿出了问题。他说，小腿上有一块疤。这块疤不过指甲盖大，小时候碰破感染之后留下的，几乎与周边皮肤无异。

我的天哪，飞行员的金身原来连这么一小块疤痕都是不能容忍的。我不甘就此终结那个寄存的希望，便解释说，这个小疤没有任何后遗症。医生说，到高空气压压迫时，就可能冒血。我吓了一跳，完全信服了医家之言，再不敢多舌，便赶回学校去，把演算本重新摊开。尽管失败了，许多同学也和我一样破灭了飞行员之梦，然而学校却实现了验招飞行员的零的突破，一个和我同龄的学生走进了人民解放军航空兵飞行员的队列。这个幸运儿就出在我们班里，我和他同窗整整两年半，而且联手进行班际的乒乓球赛。他顿时成为全校师生最瞩目的人物。班主任按上级指令已经指示他停止复习功课，以保护身体尤其是眼睛。他的两颗把上唇撑起的虎牙，现在不仅不成为缺憾，倒是平添了亮闪闪的魅力。

我的飞行员之梦破灭了，却无太大挫伤，原本就是碰碰运气的，侥幸心理罢了，而真正心里揣着较大希望的，却是炮兵。按照历届毕业生的惯例，每年都要给军事院校保送一批学生。保送就是免去考试，直奔。政治审查条例虽然和飞行员一样严格，我却并不担心；学习成绩也不是要求拔尖而只需中上水平，我自酌也是不成问题的；身体条件比招普通士兵稍微严格，却远远不及飞行员那么挑剔。比我高一级的学生，保送入军事院校的竟有十余名之多，他们大多数我都认识，有几个还是我的同乡，他们在各个方面的状况我是清楚的，我悄悄地把自己与他们比较。我早在验招飞行员之前就做着这个梦了，许多同学也在做着同一个梦。有人悄悄问过班主任程老师，说还没有开始这项推荐保送军校的工作，但这是迟早的事。做着同一个梦的同学，很自然地就扎到了一堆，私下里悄悄传递着种种有利和不利的消息。而客观的事实是，上一届军校保送学生的工作在去年这个时候早已开始了，今年为什么迟迟不见动静？上一届保送军校的十多名同学，大都去了一所炮兵学院，据说炮兵学院院长还是我们灞桥人。传说今年仍然是对口保送，炮兵便成为一个切实的梦想，令人日夜揪着心。真应了俗谚所说的夜长梦多的话，终于等来了令我彻底丧气的消息。

程老师走进教室，匆匆的样子，神色也不好。他说校长刚传达完上边一个指示，国家正处于经济困难时期，今年高校招生的比例大减。他说到这里时，脸色顿时变青发黑了。他似乎怕同学们不能充分理解“大减”的严峻性，几乎用喊的声调警示我们说，大减就是减少的比例很大！大到……很大很大的程度（上级不许说那个比例）……今年考大学……可能比考举人……还难。整个教室里鸦雀无声。我已经不敢再看程老师的脸，也不敢看任何同学的脸，微低了头，眼里什么景物人物都没有了，脑子里一片空白。程老师一只手撑着讲桌，最后又像报丧似的说，军校保送生的任务也取消了。不单陕西，整个北方省份的军校保送生都取消了。本来我们班有几位同学是完全够保送军校条件的。现在……你们得加倍用功学习……

我不知道程老师什么时候走出教室的，走出教室的脚步和脸色是什么样子的。他走了以后，教室里许久都没有人动一动，或说一句话。最早作出反应拉开坐凳离开课堂走出教室的，是学习最差的几位同学，他们大约原本就没有考取高校的信心，这下反倒彻底放松了。我没有任何再去和其他同学交流的意图。程老师已经一竿子扎到人心的底层了，还有什么不明白的需要讨论吗？没有了。而停断军校保送生的决定，更是我“蓄谋已久”的一个希望的破灭。我从教室走向操场，进入乱争乱抢的篮球场子。我在走出教室时，突然想起初中课本上《最后一课》里的韩默尔先生。程老师向我们宣布招生大减和军校停止保送生的指示的神态，有点类近韩默尔先生。

后来的结果完全注释了程老师所说的招生比例大减的内容，全校四个毕业班只考取了八名大学生，我们班竟然剃了光头。仅仅比我们早一年的毕业生，录取比例是百分之五十，而高两级的那一届毕业生，大学录取比例达到百分之九十以上。这是1962年。这是新中国短短的历史中史称“三年困难时期”的1962年。这是我对三年困难时期最强烈最深刻的记忆，远远超出对于饥饿的印象。许多年后我从捂盖已久而终于公开的资料上看到，因饥饿死亡于三年困难时期的人数之众，完全冲淡了我的那点损失，能活下来已属幸运了。

寄托于飞行员和炮兵的幻想彻底破灭了，所有捷径都被堵死，任何选择的机会都没有了，反而没有了选择的游移不定，反而粉碎了也廓清了一切侥幸心理，很快就进入一种别无选择的沉静和单纯。明知那个比例减得“很大很大”，反而激起一种反弹，一种不愿就此完结的垂死挣扎。教室里几乎没有杂音，从早到晚都是安静的，晚自习的灯光彻夜不熄。这个时期的学习大约是我漫长的学生时代最认真最下功夫的一段时日。

有一天，教导处通知我和班里几位同学去开会，传达上级指示，对取消保送军校的决定补发新的决定，说保送军校的工作还要继续，仅只限于“政治保送”，考试照常参加，考生一视同仁。这项被说得颇为神秘的“政治保送”的文件，在我看来，没有任何实质性的含义，因为考试分数才是关键。只要考分上线，能上军校最好，分配到地方院校也不赖，所以依旧埋头在课桌上做着最后的拼争。

这种近乎垂死的专一心境很快又被扰乱了。本年破例在高中毕业生中征召现役军人。此前的征兵对象只是初中以下的青年，高中毕业生只作为飞行员和军校的挑选对象。道理无须解释，招生任务既然“大大削减”，正好为部队提供了选拔较高文化兵源的机遇，也为高中毕业生增加了一条新的出路。这是1962年三年困难时期，作出的任何破例的举措，都是能被接受的。

又是校方传达文件。又是团支部、学生会层层动员。又是各班级里的各个学习小组分组讨论。又是人人表态统一认识。连不在征召范围的女生也一样要接受这一整套的动员过程，应召普通士兵的决定，远不及应召飞行员那么众口一词地踊跃。学生中明显地分成两种倾向，那些对高考根本不抱任何侥幸心理的同学，从一听到这个突然发生的意外消息，就表现出一种惊喜，一种不需任何动员说教的坚定，道理也很简单，这是一条提供了新的发展可能的人生之路。班里那些自恃学业优秀的学生陷入了两难之中，既想考入大学，又怕万一落榜，反而连这一条出路也丢掉了。小组讨论中虽然一样表示着“守卫边疆”的决心，眼神和语气中却无法掩饰选择中的两难心态。

我也陷入两难中。我的两难选择不是自恃学业优秀，而是纯属个人的没有普遍意义的小算盘。我在专心做着最后拼命的同时，也做好了落榜之后的准备，仿照柳青深入长安农村深入生活的路子，回到农村自修文学，开始创作。原本确定的这“两手准备”被打乱了，我既想参加高考一试，又怕落榜而丢失了当兵的机会；在当兵与回农村自修文学的两项对比中，农村生活条件最不占优势，甚至连饭也吃不饱。那个时候诱惑农村青年当兵的一个最基本的因素，便是部队上那白花花的米饭和白生生的馒头。我在几经权衡几度反复掂量之后，还是倾向于当兵，在美好的高校和艰苦的农村的三项对照中，只有当兵可能是最把稳的，因为对考取高校的畏怯，因为对农村的艰苦和自修文学的不自信，自然就倾向于当兵一条路了。当兵起码可以填饱肚子，出身农村的孩子自然不会在乎吃苦，又可以穿不用钱买的军装，说不定还可以在部队干上个班长排长什么的。唯一让我心存叽咕的事，就是整晌整天整月的立正和稍息的走步。那种机械那种呆板那种整齐划一的没完没了的训练，我虽说不喜欢，却终究是小事。

我很快倒向那些热心当兵的同学一族了，自然就不能专心一致地演算数理化习题了。有人打听到接兵的军官已经到达地方武装部的消息，我们便迫不及待地追到区政府所在地纺织城，十余里的路不知不觉就到了。那位军官出面接待了我们这一帮二十上下的高中生，很热情，也很客气，又显示着一种胸有成竹的矜持。我是第一次与一位军官如此近距离地对话，他的个头高挑，英武，一种完全不同于地方干部也不同于老师的站姿和风度，令人有一种陌生的敬畏。同学们七嘴八舌询问种种在他看来纯属于ABC的问题，他也不烦不躁地做着解答，遇到特别幼稚的问题，他顶多淡淡一笑，作为回答。学生们最关心的问题还是有关身体检验，诸如身高、体重、视力等最表层也最容易被刷下来的项目。有同学突然提到沙眼，说许多人仅就这一项就丧失了保卫祖国的机会，而北方的人十有八九都有不同程度的沙眼，最后直戳戳地问：究竟怎样的眼睛才算你们满意的眼睛？

军官先做解释，说北方人有沙眼是不奇怪的，关键看严重程度如何，一般有点沙眼并无大碍，到部队治疗一下就好了。究竟什么样的眼睛才是军人满意的眼睛呢？军官把眼光从那位发问的同学脸上移开，在围拢着他的同学之中扫巡，瞅视完前排，又扫巡后排，突然把眼睛盯向我的脸，说：这位同志的眼睛没有问题，有点沙眼也没关系。我在这一瞬间脑子里呈现了空白，被军官和几十位同学一齐看着，看着我的眼睛，我不知所措了。大概从来也没有被人如此近距离地注视过，大概从来也没有人称我为“同志”。我至今清楚记得第一次被称为同志，就发生在这一次。在我缓过神来以后，我才有勇气提出了第一个问题：腿上的一块指甲盖大的疤痕能不能过关？军官笑笑说不要紧。

既然眼睛被军官看好，既然那块疤痕也不再成为大碍，我想我就不会再有麻烦了，这个兵就十拿九稳当上了。礼拜六回到家中，我把这个过程全盘告知父亲和母亲。父亲半天不说话，许久之后才说，即使考不上大学，回家来务农嘛！天下农民也是一层人哩！我便开始说服父亲。最基本的一个道理，如果不念高中，回乡当农民心甘情愿，念过高中再回来吆牛犁地就有点心不甘，部队毕竟还有比农村更多的发展机会……这种父子间的对话，与在学校小组讨论会上的表态，是我的人生中发生过的“两面派”的最初表现形式。公开的表态是守卫边疆的堂皇，而内心真正焦灼的是个人的人生出路。在我的解说下，父亲稍微松了口，说让他再想想，也和亲戚商量一下。我已经不太重视父亲最后的态度了，因为我已经明确告诉他，已经报过名了。

周日返回学校之后的第三天，上课时候发现了异常，几位和我一起报名验兵的同学的位子全部空着，便心生猜疑。好容易挨到下课，同学才告知今天体检。我直奔班主任办公室，门上挂着锁子。再问，才知班主任领着同学到医院体检去了。我不知发生了什么事，为什么单独扔下我？我便直奔十几里外的纺织城一家大医院，医生告知说我们班的几位同学已经检验完毕，跟着班主任去逛商场了。我又追到商场，果然找到了班主任，他对我只说一句话，回到学校再说。对于我急促中的种种发问，他不急不躁，却仍然不说底里，只是重复那一句话。我的热汗变成冷汗，双腿发软，口焦舌燥，迷茫不知所向，无论如何也弄不清突然取消了我体检资格的原因，甚至怀疑是否政审出了什么麻烦。我不知怎样走回学校的，躺到宿舍就起不了身了，迫在眉睫的高考前紧张地复习功课，于我都无任何刺激了。

班主任让班长通知我谈话。

班主任很坦率也很平静地告诉我，我的父亲昨天找过他。我自然申述我的意愿，不能单听父亲的。班主任反而更诚恳地说，第一次在高中毕业生中征兵，是试验，也是困难时期的非常举措。征兵名额很少，学校的指导思想是让那些有希望考取大学的同学保证高考，把这条出路留给那些高考基本没有多少希望的同学。班主任对我的权衡是尚有一线希望，所以不要去争有限的当兵的名额。最后，班主任有点不屑地笑笑说，人家都争哩，你爸却挡驾，正好。

我便什么话也说不成了。

我又坐到课桌前，重新摊开课本和练习本的时候，似乎真有一种从战场上撤退回来的感觉。我顺理成章地名落孙山了。没有任何再选择的余地，没有人也不需要谁做任何思想工作，回归我的乡村。

我在大学、兵营和乡村三条人生道路中最不想去的这条乡村之路上落脚了，反而把未来人生的一切侥幸心理排除干净了，深知自修文学写作之难，却开始了。一种义无反顾的存储心底的人生理想，标志是一只用墨水瓶改装的煤油灯。

最初的晚餐

想到这件难忘的事，忽然联想到《最后的晚餐》这幅名画的名字。不过对我来说，那一次难忘的晚餐不是最后的，而是最初的一次，这就是我平生第一次陪外国人共进的晚餐。

那时候我三十出头，在公社学大寨。有一天接到省文艺创作研究室（即省作协）的电话，通知我去参加接待一个日本文化访华团。接到电话的最初一瞬就愣住了，我的第一反应是我穿什么衣服呀？我便毫不犹豫地推辞，说我在乡村学大寨的工作多么多么忙。回答说接待人名单是省革委会定的，这是“政治任务”，必须完成。这就意味着不许推辞更不许含糊。

我能进入那个接待作陪的名单，是因为我在《陕西文艺》（即《延河》）上刚刚发表过两个短篇小说。接待作陪的人员组成考虑到方方面面，大学革委会主任、革命演员、革命工程师等，我也算革命的工农兵业余作者。我怎么也清楚我是猴子称王的被列入……

最紧迫的事便是衣服问题。我身上穿的和包袱里包的外衣和衬衣，几乎找不到一件不打补丁的，连袜子也不例外。我那时工资39元，连我在内养活着一个五口之家，添一件新衣服大约两年才能做到。为接待外宾而添一件新衣造成家庭经济的失衡，太划不来了。我很快拿定主意，借。

借衣服的对象第一个便瞄中了李旭升。他和我同龄，个头高低、身材粗细也都差不多。他的人样俊气且不论，平时穿戴比较讲究，我几乎没见过他衣帽邋遢的时候。他的衣服质料也总是高一档，应该说他的衣着代表着70年代中期我们那个公社地区的最高水平。我借了一件半新的上装和裤子，虽然有点褪色却很平整，大约是哔叽料吧，我已记不清了。衬衣没有借，我的衬衣上的补丁是看不见的。

我带着这一套行头回到驻队的村子。我的三个组员（工作组）经过一番认真的审查，还是觉得太旧了点，而且再三点示我这不是个人问题，是一个影响国家声誉的问题……其中一位老大姐第二天从家里带来了她丈夫的一套黄呢军装，硬要我穿上试试。结果连她自己也失望地摇头了，因为那套属于将军或校官的黄呢军装整个把我装饰得面目全非了，或者是我的老百姓的涣散气性把这套军装搞得不伦不类了。我最后只选用了她丈夫的一双皮鞋，稍微小了点但可以凑合。

第二天中午搭郊区公共汽车进西安，先到作家协会等候指令。《陕西文艺》副主编贺抒玉见了，又是从头到脚的一番审视，和我的那三位工作组员英雄所见一致：太旧。我没有好意思说透，就这旧衣服还是借来的。她也点示我不能马虎穿戴，这不是个人问题而是“国家影响政治影响”的大事。我从那时候直到现在都为这一点感动，大家都首先考虑国家面子。老贺随即从家里取来李若冰的蓝呢上衣，我换上以后倒很合身。老贺说很好，其他几位编辑都说好，说我整个儿都气派了。

接待作陪的事已经淡忘模糊了，外宾是些什么人也早已忘记，只记得有一位女作家，中年人，长我十余岁。我第一眼瞧见她首先看见的是那红嘴唇。她挨我坐着，我总是不由得看她的红嘴唇，那么红啊！

那顿晚餐散席之后我累极了，比学大寨拉车挑担还累。

现在，因为工作的关系我常常接待外宾并作陪吃饭，自然不再为一件衣服而惶慌奔走告借了；再说，国家的面子也不需要一个公民靠借来的衣服去撑持了；还有，我也不会为那位日本女作家的红嘴而操心担忧了，因为中国城市女人的红嘴唇已经灿若云霞、红如海洋了。

生命之雨

一个年过五十的人，某天傍晚突然警悟，他的生命中最敏感的竟然是雨。秋日。傍晚。

细雨如丝如缕如烟，无穷无尽的前方和已经穷尽的身后都是这种雨丝，飘飘洒洒却无声无息。他沿着家乡的河水在沙滩上走着。一旦有雨或雪降下，他就有一种迎接雨雪的骚动而必须刻不容缓地走向雨雪迷蒙的田野。他的腋下挟着一把黑色雨伞，除非雨点变得粗疾起来才准备打开。

沙滩上的野苇子的茸毛已经飘落，蒿草的绿色无可挽救地变得灰黑而苍老了。他看见河的远处有人在涉水过河，辨不清过河的是男人还是女人，雨雾把雄性和雌性的外部特征模糊起来了。走过滩柳丛生的一道沙梁，一个看去和他年龄相仿的女人伫立在沙地上，看守着七八只羊。女人的右手攥着一根新鲜的柳枝儿，无疑是用来警示她的羊的武器；她的左腋下挟着一只金黄色的草帽，而让头发也淋着雨。她的生命中也敏感雨而渴盼细雨的浇灌和滋润么？

女人满脸皱纹，皮肤皴黑而粗糙，骨骼粗硬而显示着棱嶒；她挽着黑色的裤脚，露出小腿如同庄稼汉一样坚硬的筋骨的轮廓。他瞅着她，又瞅着她的羊，瞅过去是七只，倒瞅过来却成了八只；数过了羊又瞅着她。他瞅着数着羊是潜意识的行为，避免死呆呆瞅着她而引起反感。瞅了瞅她又去数羊，这回数过去是八只，再数过来又成了七只。

她却只瞅着她的羊，或者根本就没有瞅羊。她也不瞅他。他想，在她说不清是呆滞或是不屑的眼神里，他不过也是一只羊吧！他便走开了，踏上高踞沙滩的河堤。

母亲说生他的时候正是三伏天。母亲强调说他落地的时辰是三伏天的午时。母亲对他落地后的记忆十分清晰，落地后不过半个时辰全身就潮起了痱子，从头顶到每一根脚趾头，都覆盖着一层密密麻麻的热痱子。只有两片嘴唇例外地侥幸，却暴起包谷粒大的燎泡。母亲说整整一个夏天里，他身上的热痱子一茬尚未完全干壳，新的一茬便迫不及待地又冒了出来，褪掉的干皮每天都可以撕下小半碗。母亲说她在月子里就只是替他从头到脚撕揭干壳了的痱子皮……母亲对已经成年了的他遭遇灾难时便说："你落生的时辰太焦躁了。那天能遇着下雨就好了。"

他后来得知，他与父亲同一个属相：马。这根本不用奇怪，家族中两代人和同代人之中同一属相的现象屡见不鲜完全正常。奇异的是，他和父亲同月同日生，而且时辰都是午时。只是没有人说得清，父亲出生时潮没潮起那么厉害的热痱子，父亲出生时是否侥幸遇到了三伏天的雨。

他便猜疑，在他来到这个世界时便领受到的如煎如煮的酷热焦躁，在父亲来说早已领受过了，从而并不以为什么了不起。

关于他的父亲，他想写篇小文章来悼念那位如草芥一样无声无响度过一生又悄然死去的农民，然而终于没有形成文字。原因在于，那个念头刚一产生，如潮的记忆便把他齐头盖脑淹没了。他喘息着又合上了钢笔。父亲是一本书，不是一篇小文章。

现在，他只能说一句话，在这个世界上，他最熟悉最了解的是他的父亲，而最难理解的也是他的父亲。他深深地懊悔，直到父亲离开这个世界时，才发觉自己从来也没有太在意过父亲。起初他剖析造成这种懊悔心理的因素，是他既不可能对父亲寄托稍大点儿的依赖，更不可能发现以至研究他有什么伟大和不平凡之处。后来随着生命体验的不断加深，终于有一天警悟过来，便是从来也没有想到过对父亲的心理设防，是一种绝对的心理安全的天然依赖，反倒不太在意了。

父亲死亡的情景永难忘记。一个自身生长的异物堵死了食道，直到连一滴水也不能通过，那具庞大的躯体日渐一日萎缩成一株干枯的死树……哦！生命中的雨啊！

他一个人坐在家乡的河边，天上洒下旱季里少见的细雨。他刚刚20岁，开始了永远的没有限期的暑假，从学校走向社会了。他半是豪勇半是惶惑，怀着宏大的文学梦却又怀疑自己是否具备文学的天赋，自信与自卑五十对五十折磨着他，便有了一种孤自散步的欲望，尤其是在雨雾迷茫之中。

这条河不大却闻名于遥远悠久的历史，河有多长，河边的柳林就有多长。骚客文人折柳赠别也抛撒离愁思怨的诗句，成为一代又一代文化人寄托情怀的佳作。他坐在水边，一个琴瑟般的声音不期而至："大哥哥你饿吗？"他转过头就看见了一只小仙鹤，是的，这个大约不过10岁的女孩像河滩草地上偶然降至的仙鹤。他苦笑一下摇摇头。处于整个民族的大饥饿年代，小孩子看世界的眼睛也是饥饿。他笑笑说："我渴。"河堤上传下来一声笑，他看见那儿站着一位干部，这是一家大企业的党的领导干部，据说是一位出身富贾而又背叛了所在阶级的老革命，革命胜利了他已成为企业领导，却依然需要下放乡村锻炼改造……他很忠诚，不仅自己老老实实在农民中间生活，而且还利用暑假把小女儿也领到这里来改造了。

几十年后，在一次全国性的文学集会上，有一位中年女人向他走来："你现在是饿还是渴？"

"还是渴。"

"还是渴？"

"是渴……生命之雨。"

她说她后来随父亲到北方一个城市，又转过四五个城市。她现在在一家报纸主持着一个《婚姻与家庭》的专栏。她在年轻男女中名声显赫，几乎家喻户晓，当然是她坦率而又真诚地解答过来自全国各地青年男女关于爱的困惑，并因此而很自信："你比我写的书多，我比你写的信多；你只是在文学圈子里有名声，而我却在青年人心中是知音。”她的佐证是多年来收到和回复青年人的书信数以万计。她说她读过他的全部作品，当然不是因为作品好不好，亦不是要研究他的创作，主要是因为在他未成名之前她见过他一面，那时她不足10岁。她说：“我至少给青年朋友写过20000多封信，而你的小说最多发行5000册。”

他很尴尬，随之反诘：“我也来请你解答一下过去的问题，有一对年轻夫妇在特殊时期分属对立的两派组织，妻子向自己一派的造反队司令报告了丈夫的行踪，丈夫被抓去打断了一条腿。这位现在走路还颠着跛着的丈夫仍然和那位告密的妻子生活在一起。他向你写过信没有？如果他有一天写信给你要求解释困惑，你怎么回答他？”她张了张口却摇摇头笑了，竟是一副不屑回答的神气。

半年以后，他接到她从千里之外的城市打来的长途电话，说她今天收到一封信，信中所表述的精神痛苦使她陷入深沉的无言以对的心境之中。那人的遭遇与他所说的那对夫妇的故事大同小异，关键在于他们的故事一直延续到今天而且还有发展，类似于被打断腿的这个丈夫，居然投靠那个抓他施刑的造反队头儿的门庭挣钱去了。造反队头儿受过几年冷落之后，现在是一位腰里别着大哥大的公司老板了……现在反倒是类似于那个告密妻子的妻子陷入痛苦境地……她在电话中向他复述了这个故事，情绪很沉静，似乎没有了她写过20000余封回信的那种自信与得意，很真诚地说：“上次你讲的那对夫妇的故事我没有回答，我觉得那是你们上一代人的故事和困惑，用今天的思维是无法理解也无法解释的。现在，当他和她在今天正常的社会里继续演绎不正常的故事时，我竟然第一次感觉到我的肤浅，无法回答那个类似告密妻子的新的苦恼……”他反而宽厚地安慰她说：“是的，你不可能解除所有痛苦着的心灵的痛苦，也不可能拯救所有沉沦的灵魂。”她说：“我总得给她回信呀！情急之下，我用了你的一句话回复了她，就是‘生命之雨’。”

他说：“这话太……”

她说：“我就想起你的这句话……恰当不恰当都不管了！”

纤纤细雨依然。依然是如丝如缕如烟。依然是飘飘洒洒无声无响。他已经走到这一段河堤的尽头，河堤朝南拐弯伸展过去，顶头和南岸的山崖接住了；那一段河堤从山崖下开始延伸到雨雾迷茫的无穷无尽的上游。人生其实也类似这河堤，分作一段一段的，这一段到头了，下段又从这儿开始，一直延伸成为一个生命的河流。

河堤拐弯的内堤里，就圈住了好大一片滩地。滩地里有一幢孤零零的土坯房，房子的南墙和西墙上苫着一层长长的稻草，那是防止西风和南边的下山风卷来的骤雨对泥皮土坯的冲刷的，就像一位插秧的农夫身披的蓑衣。房前有一片偌大的打谷场，场角靠近房子的地方有一个黄色的麦秸垛。他猜测这是一个土地承包经营者仓促建筑的房子，从那简陋的建筑判断，主人完全是出于一种临时的考虑，不愿投注更多的钱财给这幢远离村庄的建筑。

一个男人吆喝着拉犁的牛在翻耕打谷场。打谷场已完成了夏季打麦、秋季打谷的用场，现在翻耕以恢复土地的疏松和绵软，然后撒下早熟的青稞或者油菜籽，赶在明年收割小麦之前先收获了青稞或油菜，再把这块土地碾压瓷实作打谷场。男人悠悠地吆喝着牛扶着犁，没有戴草帽，一任细雨淋着。一个女人站在麦秸垛下撕扯麦草，扯下一把便弯下腰放到一只大竹条笼里，动作也是悠悠的不急不忙的样子。只是那一件红色的衣衫像一簇火焰在迷茫的河滩上闪耀。

一男一女一低一高两个小孩在场地上追逐，他们从土屋里奔出来时就是互相追逐着的，大约是男孩抢走了霸占了女孩的吃食或玩具，争执便发生了。女孩追着男孩显然力不从心，在滑溜的打谷场上摔倒了，顺势在场地上打滚而且号啕起来。那女人扔下柴禾笼飞跑过去，在滑溜的打麦场上跑起来闪动着两只胳膊，像是一种舞蹈。她没有扶起倒地打滚的女孩，一直冲到男孩跟前，一巴掌抽过去就把男孩打翻在地了。她随后转身走过来抱起女孩，另一胳膊挎上柴禾笼走进土屋里去了。

他竟然大声喊起来：愚蠢你愚蠢！你是个愚蠢的妈妈！

男人喝住牛插住犁，慢腾腾走过去抱起男孩，也走进那间土屋里去了。

一头在套的牛站在打麦场上甩着尾巴。

土屋房顶的烟囱有灰色的烟冒出来。

他依然站在河堤上。几十年后，那个扯柴禾打男孩抱女孩的愚蠢的女人肯定就变成那个放牧着七八只羊的粗硬的老女人了吧？那个受宠的女孩会不会成长为如那个写过20000多封信的专栏主持人？

那土屋里暴起激烈的吵闹声，浑厚的男声和尖锐的女声。肯定那是关于应不应该打倒男孩的争执。他忽然想到她，如果把这幢远离人群的河滩土屋里的争论提到她的专栏上，她还会用他的“生命之雨”这话来解释给这一对乡野夫妻吗？

皮鞋·鳝丝·花点衬衫

第一次到上海是1984年，大概是5月。上海文艺出版社举办“《小说界》第一届文学奖”颁奖活动，我的第一部中篇小说《康家小院》荣幸获奖，便得到走进这座大都市的机缘，心里踊跃着兴奋着。整整二十年过去，尽管后来又几次到上海，想来竟然还是第一次留下的琐细的记忆最为经久，最耐咀嚼，面对后来上海魔术般的变化，常常有一种感动，更多一缕感慨。

第一次到上海，在我有两件人生的第一次生活命题被突破。

我买的第一双皮鞋就是那次在上海的城隍庙购买的。说到皮鞋，我有过两次经历，都不大美好，曾经暗生过今生再不穿皮鞋的想法。大约是新中国成立前夕，西安城里纷传解放军要攻城，自然免不了有关战争的恐慌。我的一位表姐领着两个孩子躲到乡下我家，姐夫安排好他们母子就匆匆赶回城里去了。据说姐夫有一个皮货铺子，自然放心不下。表姐给我们兄妹三人各带来一双皮鞋。父亲和母亲让我试穿一下。我在屋子里走了几步就脱下来，夹脚夹得生疼，皮子又很硬，磨蹭脚后跟，走路都跷不开脚了。大约就试穿了这一次，便永远收藏在母亲那个装衣服的大板柜的底层。直到20世纪70年代初，我已经在家乡的公社里工作，仍然穿着农民夫人手工做的布鞋。

我家乡的这个公社辖区，一半是灞河南岸的川道，另一半是地理上的白鹿原的北坡。干部下乡或责任分管，年龄大的干部多被分到川道里的村子，我当时属年轻干部，十有八九都奔跑在原坡上某个坪某个沟某个湾的村子里，费劲吃苦倒不在乎，关键是骑不成自行车，全凭腿脚功夫，自然就费脚上的布鞋了。一双扎得密密实实的布鞋底子，不过一月就磨透了，后来就咬牙花四毛钱钉一页用废弃轮胎做的后掌，鞋面破了妻子可以再补。在这种穿鞋比穿衣还麻烦的情况下，妻弟把工厂发的一双劳保皮鞋送给我了。那是一双翻毛皮鞋。我冬夏春秋四季都穿在脚上，上坡下川，翻沟踔滩，都穿着它。既不用擦油，也不必打光，乡村人那时候完全顾不得对别人的衣饰审美，男女老少的最大兴奋点都敏感在粮食上，尤其是春天的救济粮发放份额的多少。这双翻毛皮鞋穿了好几年，鞋后掌换过一回或两回，鞋面开裂修补过不知多少回，仍舍不得丢掉，几年里不知省下多少做布鞋的鞋面布和锥鞋底的麻绳儿和鞋底布，做鞋花费的工夫且不论了。到我和家庭经济可以不再斤斤计较一双布鞋的原料价值的时候，我却下决心再不穿皮鞋尤其是翻毛皮鞋了。体验刻骨铭心，双脚的脚掌和十个脚趾多次被磨出血泡，血泡干了变成厚茧，最糟糕的还有鸡眼。

这回到上海买皮鞋，原是动身之前就与妻子议定了的重大家事。

首先当然是家庭经济改善了，有了额外的稿酬收入，也有额内工资的提升；再是亲戚朋友的善言好心，说我总算熬出来，成为有点名气的作家了，走南闯北去开会，再穿着家做的灯芯绒布鞋就有失面子了。我因为对两次穿皮鞋的切肤记忆体会深切，倒想着面子确实也得顾及，不过还是不用皮鞋而选择其他式样的鞋，穿着舒服，不能光彩了面子而让双脚暗里受折磨。这样，我就多年也未动过买皮鞋的念头。“买双皮鞋。”临行前妻子说，“好皮鞋不磨脚。上海货好。”于是就决定买皮鞋了。“上海货好。”上海什么货都好，包括皮鞋。这是北方人的总体印象，连我的农民妻子都形成并且固定着这个印象。那天是一位青年作家领我逛城隍庙的。在他的热情而又内行的指导下，我买了一双当时比较高价的皮鞋，宽大而显得气派，圆形的鞋头，明光锃亮的皮子细腻柔软，断定不会让脚趾受罪，就买下来了。买下这双皮鞋的那一刻，心里就有一种感觉，我进入穿皮鞋的阶层了，类似进了城的陈奂生的感受。

回到西安近郊的乡村，妻子也很满意，感叹着以后出门再不会为穿什么鞋子发愁犯难了。这双皮鞋，只有我到西安或别的城市开会办事才穿，回到乡下就换上平时习惯穿的布鞋。这样，这双皮鞋似乎是为了给城里的体面人看而穿的，自然也为了我的面子。另外，乡村里黄土飞扬，穿这皮鞋需得天天擦油打磨，太费事了；在整个乡村还都顾不上讲究穿戴的农民中间，穿一双油光闪亮的皮鞋东走西逛，未免太扎眼……这双皮鞋就穿得很省，有七八年寿命，直到20世纪90年代初才换了一双新式样的。此时，我居住的乡村的男女青年的脚上，各色皮鞋开始普及。

我第一次吃鳝鱼，也是那次上海之行时突破的。关中人尤其是乡下人基本不吃鱼，成为外省人尤其是南方人惊诧乃至讥笑的蠢事。这是事实。这样的事实居然传到胡耀邦耳朵里，他到陕西视察时在一次会议上问道："听说陕西人不吃鱼？"其实秦岭南边的陕南人是有吃鱼传统的，确凿不吃鱼的只是关中人和陕北人。我家门前的灞河里有几种野生鱼，有两条长须不长鳞甲的鲇鱼，还有鲫鱼，稻田里的黄鳝不被当地人看作鱼类，而视为蛇的变种。灞河发洪水的时候，我看到过成堆成堆的鱼被冲上河岸，晒死在包谷地里，发臭变腐，没有谁捡拾回去尝鲜。直到20世纪50年代中期国家第一个"五年计划"实施时，西安拥来了许多东北和上海老工业区的技术人员和熟练工人，这些人因为买不到鱼而生怨气，就自制钓竿到西安周围的河里去钓鱼。我和伙伴们常常围着那些操着陌生口音的钓鱼者看稀罕。当地乡民却讥讽这些吃鱼的外省人：连腥气烘烘的鱼都吃！我后来尽管也吃鱼了，却几乎没有想过要吃黄鳝。在稻田里我曾像躲避毒蛇一样躲避黄鳝，那黑黢黢的皮色，不敢想象入口会是一种什么感觉。

那天在上海郊区参观之后，晚饭就在当地一家餐馆吃。点菜时，《小说界》编辑、现任副主编魏心宏突然兴奋地叫起来："啊呀，这儿有红烧鳝丝！来一盘，来一盘鳝丝。"还歪过头问我："你吃不吃鳝丝，就是鳝鱼丝？"我只说我没吃过。当一盘红烧鳝丝端上餐桌时，我看见一堆紫黑色的肉丝，就浮出在稻田里踩着滑溜的黄鳝时的那种恐惧。魏心宏动了筷子，连连赞叹味道真好做得真好。随之就煽动我："忠实你尝一下嘛，可好吃啦，在上海市内也很少能吃到这么好的鳝丝。"我就用筷子夹了一撮鳝丝放入口里，倒也没有多少冒险的惊恐，无非是耿耿于黄鳝丑陋形态的印象罢了。吃了一口，味道挺好，接着又吃了，都在加深着从未品尝过的截然不同于猪、牛、羊、鸡肉的新鲜感觉。盛着鳝丝的盘子几乎是一扫而光，是餐桌上第一盘被吃光掠净的菜。似乎魏心宏出手最频繁。多年以后，西安稍上档次的餐馆也都有鳝丝、鳝段供食客选择了，我常常偏重点一盘鳝丝。每当此时，朋友往往会侧头看我一眼，那眼神里的诧异和好奇是不言而喻的。

还有两把小勺子，也是此行在上海城隍庙买的，不锈钢做的，把儿是扁的。从造型到拿在手里的感觉，都特别之好，不知在什么时候弄丢了一把，现在仅剩一把，依然光亮如初，更不要说锈痕了。有时出远门图得自便，我就带着这把勺子，至今竟然整整20年了。

还有一个细节，颇有点刻铭的意味。

还是那位年轻作家陪我逛街。我们随意走着，我已记不得那是条什么街什么弄了，只记得街道两边多是小店铺。陪我的青年作家随意介绍着传统风情和市井传闻，我也很难一遍记住，尽管听得颇有趣味。突然看见一个十分拥挤的场面，便停住脚步。一家小店仅一间窄小的门面，塞满了顾客，往里硬挤的人在门外拥聚成偌大的一堆。从里头往外挤的人，几乎是从对着脸拥挤的人的肩膀上爬出来，绝大多数为男性青年，亦有少数女性夹在其中，肌肤之紧密接触也不忌讳了。往外挤着的人，手里高扬着一种白底碎花的衬衫。不用解释，正是抢购这种白底上点缀着蓝的红的黄的橙的小花点的衬衫。

1984年春末夏初，上海青年男女最时髦、最新潮的审美兴奋点，是白底花点的衬衫。

十余年后，我接连两三次到上海。朋友们领我先登东方明珠电视塔，再逛浦东新区，令我眼花缭乱，目不暇接，新的景观和创造新景观的奇迹般的故事，从眼睛和耳朵里都溢出来了。我在宝钢的轧钢车间走了一个全过程，入口处看见的橙红色的钢板大约有两块砖头那么厚，到出口处的钢材已经自动卷成等量的整捆，厚薄类近厚一点的白纸，最常见的用途是做易拉罐。车间里几乎看不见一个工人，我也初识了什么叫全自动化操作。技术性的术语我都忘记了，只记住了讲解员所讲的一个事实：这个钢厂结束了中国钢铁业不能生产精钢的历史，改变了精钢完全依赖进口的局面。尽管是外行，这样的事实我不仅能听懂，而且很敏感，似乎属于本能性地特别留意，在于百年以来留下的心理亏虚太多了。

从小学生时代直到进入老龄的现在，我都在完成着这种从祖先遗传下来的先天性心理亏空的填垫和补偿过程。我们的第一台名为“解放牌”的汽车出厂了。我们有了自己生产的“红旗牌”轿车。我们的第一颗原子弹爆炸成功。我们的卫星上天了，飞船也进入太空了。我们有了国产的彩色电视和国产空调和国产电脑和国产什么什么产品。这样的消息，每一次都是对那个心理亏虚的填垫和补偿，增加一份骄傲和自信，包括制造易拉罐的这种钢材对进口依赖的打破，也属同感。我便想到，什么时候让欧美人发出一条他们也能“国产”中国的某种独门技术的产品的消息的时候，我的不断完成着填垫补偿心理亏空的过程，才能得到一个根本性的转折。

告别布鞋换皮鞋的过程发生在上海。吃第一口黄鳝的食品革命也始发于上海。这些让我的孩子听来可笑到怀疑虚实的小事，却是我这一代人体验“换了人间”这个词儿的难以轻易抹去的记忆。还有历历在目的上海青年抢购白底花点衬衫的场景，与我上述的皮鞋和黄鳝的故事差不了多少。在南方和北方、东部和西部都被灰色、黑色和蓝色的中山服覆盖着的国家里，一双皮鞋、一餐鳝鱼丝和一件白底花点衬衫，留给人的镂刻般的记忆，记忆里的可笑和庆幸，肯定不只属于我一个人。

三九的雨

这是我村与邻村之间一片不大的空旷的台地。只有一畛地宽的平台南头开始起坡，就是白鹿原北坡根的基础了。平台往北下一道浅浅的坡塄，就是灞河河滩了。我脚下踏着的平台上的这条沙石大路，穿过一个个大大小小的村庄，通往西安。

天明时雨止歇了。天阴沉着，云并不浓厚，淡灰的颜色，估计一时半刻挤拧不出雨水来。空气很清新，湿润润的，山坡上的麦子绿莹莹的，河川里的麦子也是莹莹的绿色。原坡上沟坎里枯干的荒草被雨浇成了褐黑色，却有一种湿润的柔软。河川北岸是骊山的南麓，清晰可辨一株树一道坡一条沟，直至山岭重叠的极处。四野宁静到令人耳朵自生出纤细的音响来。

前日落了雨。小雨。通常是开春三月才有的那种“随风潜入夜，润物细无声”的春雨。腊月初二（2002年1月14日）下起，断断续续稀稀拉拉下到今天天明，让整个村子里的男女惊诧不已，该当滴水成冰冻破砖头的“三九”时月，居然是小雨缠绵。太过反常的天气给农人心里一种不祥的妖孽征候。这是我半生里仅见的一次“三九”的雨，以及不仅不冻反而松软如酥的土地。

我脚下这条颇为宽绰的沙石大路是1977年冬天动工拓宽的。与这条大路同时开工的是灞河河堤水利工程，由我任副总指挥具体实施的。那时，我完成这项家乡的水利工程的心态，与我后来写作长篇小说《白鹿原》时的心境基本类同，就是尽力做成一件事。

我第一次背着馍口袋从这条路走出村子走进西安的中学时，这条路大约也就一步宽，架子车是无法通行的。我背着一周的干粮走出村子时的心情是雀跃而又高涨的，然而也是完全模糊的。我只是想念书，想上城里的中学去念书，念书干什么等抱负之类的事，完全没有。我再三追寻记忆，充其量只会有当个工人之类的宏愿，而且这主要是父母供儿女上学的原始动机。在乡村人的眼睛里，挣工资吃商品粮的工人是世界上最幸福的人。我在初中二年级却喜欢文学了，这不仅大大出乎父母的意料，连我自己也感到奇怪。通常情况下，爱好文学是被视为浪漫而又富于诗意的事情，怎么会发生在一个穿粗布衣服吃开水泡馍的人身上呢？许多年后我把自己的这种现象归结为一根对文字敏感的神经——文学的兴趣由此而发端。书香门第以及会讲故事、会唱歌谣的奶奶们的熏陶，只能对具备文字敏感神经的儿孙起反应作用，反之讲了也是白讲，唱了也是白唱。

背着馍口袋出村，夹着空口袋回村，在这条小路上走了12年，我完成了高中学业。我记忆中最深的是16岁那年遇到过狼。天微明时，我已走出村子五里的一条深沟的顶头，做伴壮胆的父亲突然叫了一声“狼”！就在身旁不过二十步远的齐摆着谷穗的地边上，有一只狼。稍远一点，还有一只。我没有感觉到丝毫的害怕，尽管是我第一次看见这种吓人的动物，不是我胆大，而是身旁跟着父亲。我第一次感受父亲的力量和父亲的含义，就是面对两只成年狼的时候，竟然没有产生恐惧。我成了一个父亲的时候，又在这条几经拓宽的乡村公路上接送我的三个念书的孩子。我比父亲优裕的是有了一辆自行车，孩子后来也有了，比当年父亲步行送我要快捷多了。我和孩子再也没有遭遇狼的惊险故事。狼已经成为大家怀念的珍稀宝贝了。

我的一生其实都粘连在这条已经宽敞起来的沙石路上。我在专业创作之前的20年基层农村工作里，没有离开这条路；我在取得专业创作条件之后的第一个决断，索性重新回到这条路起头的村子——我的老家。我窝在这里的本能的心理需求，就是想认真实现自己少年时代就产生的作家之梦。从1982年冬天得到专业写作的最佳生存状态到1992年春天写完《白鹿原》书，我在祖居的原下的老屋里写作和读书，整整十年。这应该是我最沉静最自在的10年。

我现在又回到原下祖居的老屋了。老屋是一种心理蕴藏。新房子在老房子原来的基础上盖成的，也是一种心理因素吧。这个祖居的屋院只有我一个人住着。父亲和他的两个堂弟共居一院的时代早已终结了。父亲一辈的男人先后都已离开这个村子，在村庄后面白鹿原北坡的坡地上安息有年了。我住在这个过去三家共有的屋院里，可以想见其宽敞和清爽了。我在读着欧美那些作家的书页里，偶尔竟会显现出爷爷或父亲或叔父的脸孔来，且不止一次。夜深人静我坐在小院里看着月亮从东原移向西原的无边无际的静谧里，耳畔会传来一声两声沉重而又舒坦的呻吟。那是只有像牛马拽犁拉车一样劳作之后歇息下来的人才会发出的生命的呻唤。我在小小年纪的时候就接受着这种生命乐曲的反复熏陶，有父亲的，有叔父的，还有祖父的。他们早已在原坡上化作泥土。他们在深夜熟睡时的呻吟萦绕在这个屋院里，依然在熏陶着我。

这是一个不可思议的冬天。我站在我村和邻村之间的旷野里。

从我第一次走出这个村子到城里念书的时候起，父亲和母亲每每送我出家门时的眼神，都给我一个永远不变的警示：怎么出去还怎么回来，不要把龌龊带回村子带回屋院。在我变换种种社会角色的几十年里，每逢周日回家，父亲迎接我的眼睛里仍然是那种神色，根本不在乎我干成了什么事干错了什么事，升了或降了，根本不在乎我比他实际上丰富得多的社会阅历和完全超出他的文化水平。那是作为一个父亲的独具禀赋的眼神，这个古老屋院的主宰者的不可侵扰的眼神，依然朝我警示着，别把龌龊带回这个屋院来。

北京丰台。我从大礼堂走出来。《西安晚报》记者王亚田第一个打来电话。选举刚刚结束。他问我当选中国作家协会副主席后首先想的是什么。我脱口而出：“作为一个作家，应该始终把智慧投入写作。”

他又问：“还有什么呢？”

我再答：“自然还有责任和义务。”

我站在我村与邻村之间空旷的台地上，看“三九”的雨淋湿了的原坡和河川，绿莹莹的麦苗和褐黑色的柔软的荒草，从我身旁匆匆驶过的农用拖拉机和放学回家的娃娃。粘连在这条路上倚靠着原坡的我，获得的是沉静，自然不会在意“三九”的雨有什么祥与不祥的猜疑了。

六十岁说

四十五年前读初中二年级时，我在作文课上写下平生的第一篇短篇小说。这篇大约3000字的小说习作是第一次文学创作，不再属于此前作文的意义。我对文学创作的兴趣由此萌发。这种兴趣持续了四十五年。至今依旧新鲜而恭敬。我说过我的人生的有幸和不幸，正是从在作文本上写作第一篇小说起始的；正是这一次完全出于兴趣性的写作，奠定了文学在我人生历程中的主题词。

近年来，多种媒体和多路记者几乎无一不问及我的人生感悟和文学创作的感悟。我也几乎无一例外地首先向他们解释，我不大使用感悟、悟道一类词，我喜欢启示。即人生历程中得到的启示，文学创作中思想和艺术的启示。正是这些启示，提升着我对历史和现实的思想穿透能力，也提升着我对文学和艺术本真的体验，完成一次又一次创造理想。在这个漫长的艺术探索过程和人生历程中，有两次自我把握和两次反省成为关键性的选择和转折。

一次是在1978年之初，当中国文学复兴的春潮涌动的时候，我正在灞河水利工地任副总指挥。我在完成了家乡的这个工程之后离开了，调入文化馆。我那时候对我的把握是，文学创作可以当作事业来干的时代终于出现了。第二次把握是1982年。这一年我从业余写作进入专业写作。我曾在一篇文章中写到过当时的直接的唯一的感觉，即进入我的人生最佳生存状态。我几乎在得到专业创作条件的同时，决定回归老家。

一是静下心来回嚼二十年的乡村工作和生活，进入写作；二是基于对自己知识的残缺性的估计，需要广泛读书需要充实更需要不断更新，这都需要一个可以避免纷扰的安静环境来实现。我选择了老家农村。直到《白鹿原》书完成，正好十年。这两次把握，一次是人生轨道的转换，一次纯粹属于自身生存环境的选择。

两次反省。一次是1978年秋天。当新时期文学如雨后春笋般从解冻的文坛发生时，我很鼓舞也很冷静。冷静是出于对自身具体情况的判断。我以为排除那些极“左”思想不难，而要荡涤自有阅读能力以来所接受的极“左”的非文学的观念不易。我选择了读书，借来了一些世界经典作家的经典作品，以真正的文学来摒弃思维和意识中的非文学观念，目的仅仅只有一点，进入文学的本真。这次反省大约持续了四个月，到1979年春天，我获得了文学创造和艺术表现的强烈欲望。

我把文学当作事业来干的行程开始了。

第二次反省发生在80年代中后期，即《白鹿原》写作的准备阶段。我那个时候的思维是最活跃的一段。尤其是文学创作理论中的人物心理结构学说，引发了我对自己以往创作的颠覆。自我的不满意以至自我否定，同时就孕育着膨胀着一种新的艺术创造理想。这种痛苦的反省完全是自发的。发生在《白鹿原》的准备和后来的整个写作过程中，对我来说是一个关键。

多年以后的今天回过头来看，在人生的两个重要阶段上，我把握了自己，主要是以自身的实际做出的选择。在艺术追求的漫长历程中，在两个重要的创作阶段，进行两次反省，对我不断进入文学本真是关键性的。如果说创作有两次重要突破，首先都是以反省获得的。可以说，我的创作进步的实现，都是从关键阶段的几近残酷的自我否定自我反省中获得了力量。我后来把这个过程称作心灵和艺术体验剥离。没有秘密，也没有神话，创造的理想和创造的力量，都是经过自我反省获取的，完成的。

仅仅在半月之前的一个上午，我完成一篇5000字的散文，在原下老家一个人兴奋不已。仅仅在十天前一个晚上，读完畅广元教授的一本文化文学批评专著，进入一种最欣慰的愉悦。四天前的那个下午，我写完一篇万余字的短篇小说，竟然兴奋不已。两天前的晚上，在杨凌参加杨凌文联成立的会场里，见到残疾人作家贺绪林，听说他的一部30万字的长篇即将由人民文学出版社出版，我感动而又感奋，同样愉悦。这样，我几十年来不断重复验证自己，文学创作才是我生存的最佳气场。

直到我走进朋友们营造的这个隆重而又温馨的场合，我依然不能切实理解六十这个年龄的特殊含义，然而六十岁毕竟是人生的一个最重要的年龄区段。按照我们传统文化和传统习俗的意思，是耳顺，是感悟，是悟道，是忆旧的年龄。这也许是前人归纳的生命本身的规律性特征。我不可能违抗生命规律。但我现在最明确的一点是，力戒这些传统和习俗中可能导致平庸乃至消极的东西。我比任何年龄区段上更强烈更清醒的意识是，对新的知识的追问，对正在发生着的生活运动的关注。这既是作为一个作家的生命意义所在，也是我这个具体作家最容易触发心灵中的那根敏感神经的颤动的。

我唯一恳求上帝的，是给我一个清醒的大脑。而今天所有前来聚会的朋友和我的亲人，就是怀着上帝的意愿来和我握手的。

㈡ 这一刻，世界对我来说就是白鸽

人可以直面威胁，
可以蔑视阴谋，
可以踩过肮脏的泥泞，
可以对叽叽咕咕保持沉默，
可以对丑恶闭上眼睛，
然而在面对美的精灵时却是一种怯弱。

父亲的树

又有两个多月没有回原下的老家了。离城不过五十里的路程，不足一小时的行车时间，想回一趟家，往往要超过月里四十的时日，想来也为自己都记不清的烦乱事而丧气。终于有了回家的机会，也有了回家的轻松，更兼着昨夜一阵小雨，把燥热浮尘洗净，也把心头的腻洗去。

进门放下挎包，先蹲到院子拔草。这是我近年间每次回到原下老家必修的功课，或者说，每次回家事由里不可或缺的一条。春天夏天拔除院子里的杂草，给自栽的枣树柿树和花草浇水；秋末扫落叶，冬天铲除积雪，每一回都弄得满身汗水灰尘，手染满草的绿汁。温习少年时期割草以及后来从事农活儿的感受，常常获得一种单纯和坦然，甚至连肢体的困倦都是另一番滋味的舒悦。

前院的草已铺盖了砖地，无疑都是从砖缝里冒出来的。两月前回家已拔得干干净净，现在又罩满了，有叶子宽大的草，有杆子颇高的草，有顺地扯蔓的草，吓得孙子旦旦不敢下脚，只怕有蛇。他生在城里，至今尚未见过在乡村土地上爬行的蛇，只是在电视上看过。他已经吓得这个样子，却不断问我打过蛇没有，被蛇咬过没有。乡村里比他小的孩子，恐怕没有谁没见过蛇的，更不会有这样可笑的问题。我的哥哥进门来，也顺势蹲下拔草，和我间间断断说着家里无关紧要的话。我们兄弟向来就是这样，见面没有夸张的语言行为，也没有亲热的动作，平平淡淡里甚至会让生人产生其他猜想，其实大半生里连一句伤害的话从来都没有说过，更谈不到脸红脖子粗的事了。世间兄弟姊妹有种种相处的方式，我们却是于不自觉里形成这种习惯性的状态。说话间不觉拔完了草，堆起偌大一堆，我用竹笼纳了五笼，倒在门前的场塄下，之后便坐在雨篷下说闲话，懒得烧水，幸好还有几瓶啤酒，当着茶饮，想到什么人什么事，有一搭没一搭地聊着。还有一位村子里的兄弟，也在一起喝着，扯着闲话。从雨篷下透过围墙上方往外望去，大门外场塄上的椿树直撑到天空。记不清谁先说到这棵树，是说这椿树当属村子里现存的少数几棵最大的树，却引发了我的记忆，当即脱口而出，这是咱伯栽的树。这话既是对哥说的，也是对那位弟说的。按当地习俗，兄弟多的家族，同一辈分的老大，被下辈的儿女称伯，老二被称爸，老三老四等被称大。有的同一门族的人丁超常兴旺，竟有大伯二伯三伯大爸二爸三爸和大二大三大八大的排列。这里的乡俗很不一般，对长辈的称呼只有一个字，伯、爸、大、叔、妈、娘、姨、舅、爷等，绝对没有伯伯、爸爸、大大、妈妈、娘娘、姨姨、爷爷、舅舅等的重复啰嗦……我至今也仍然按家乡习惯称父亲为伯。父亲在他那一辈本门三兄弟里为老大，我和同辈兄弟姐妹都叫一个字：伯。如此说来，这文章的标题该当是：伯的树。

我便说起这棵椿树的由来。大约是三年困难时期最困难的1960年或是1961年，我正上高中，周日回到家，父亲在生产队出早工回来，肩上扛着镢头，手里攥着一株小树苗。我在门口看见，搭眼就认出是一株椿树苗子。坡地里这种野生的椿树苗子到处都有。椿树结的荚角随风飘落，在有水分的土壤里萌芽生根，一年就可以长成半人高的树秧子。这种树秧如长在梯田塄坎的草丛中，又有幸不被砍去当柴烧，就可能长成一棵大椿树；如若生长在坡地梯田里，肯定会被连根挖除晒干当作好柴火，怕其占地影响麦子生长。父亲手里攥着的这根椿树苗子是一个幸运者，它遇到父亲，不是被扔在门前的场地上晒干了当柴烧，而是要郑重地栽植，正经当作一棵望其成材的树了，进入郑重的保护禁区了；也自这一刻起，它虽是普通不过平凡不过的一种树，却已经有主了，就是父亲。父亲给我吩咐，你去担水。他说着就在我家门前的场塄边上挖坑。树只是个秧儿，无需大坑，三镢头两铁锨就已告成，我也就没有替父亲动手，而是按他的指令去担水。那时候我们村里吃的是泉水，从村子背后的白鹿原北坡的东沟流下来，清凌凌的，干净无染。泉水在村子最东头，我家在村子顶西边，我挑一回水，最快也需半小时。待我挑水回来，父亲早已挖好坑儿，坐在场塄边儿上抽旱烟。他把树苗置入一个在我看来过大的土坑里。我用铁锨铲土填进坑里，他把虚土踩踏一遍，让我再填，他再踩踏。他教我在土坑外沿围一圈高出地面的土梁，再倒进水去。我遵嘱一一做好，看着土坑里的水一层一层低下去，渗入新填的新鲜土坑里，树苗成活肯定毫无一丝疑义。父亲又指示我，用酸枣刺棵子顺着那个小坑围成一圈栽起来，再用铁丝围拢固定，恰如篱笆，保护小椿树秧子，防止猪拱牛踩羊啃娃娃掐折。我从场边的柴堆上挑选出一根一根较高的业已晒干的酸枣棵子（这是父亲平时挖坡顺手捡回来的），做着这项防护措施。父亲坐在地上抽烟，看着我做。我却想到，现在属于父亲领地的，除了住房的庄基，就是这块附属于庄基地门前的这一小片场地了，充其量有二厘地。下了这个场塄，就是统归集体的土地了。父亲要在他可以自主掌控的二厘场地上，栽种一棵椿树。

我对父亲的一个尤为突出的记忆，就是他一生爱栽树。他是个农民，种玉米种麦子务弄棉花是他的本职主业自不必说，而业余爱好就是栽树。我家在河川的几块水地，地头的水渠沿上都长着一排小叶杨树。水渠里大半年都流淌着从灞河里引来的自流水，杨树柳树得了沃土好水的滋养，迎着风如手提般长粗长高。随意从杨树或柳树上折一根枝条，插到渠沿的湿泥里，当年就长得冒过人头了，正如民间说的“三年一根椽，五年长成檩”的速度。20世纪50年代中期以前，我的父亲就指靠着他在地头渠沿培植的这些杨树，供给先后考上高小、初中的哥和我的学杂费用。那时的小学高年级，我是住宿搭灶的学生。父亲把杨树齐根斫下来，卖了椽子，大约七八毛钱一根，再把树根刨出来，剁成小块，晒干，用两只大老笼装了，挑过灞河，到对岸的油坊镇上去卖，每百斤可卖一块至一块两毛钱。

我至死都不会忘记50年代中期的这两项货物——椽子和木柴的市场价格。无需解释原因，它关涉我能否在高小和初中的课堂上继续坐下去。父亲在斫了树干刨了树根的渠沿上，当即就会移栽或插下新的杨树秧或树枝，期待三年后再斫下一根椽子卖钱。父亲卖椽卖柴供两个儿子念书的举动无意间传开，竟成为影响范围很宽的事。直到现在，我偶尔遇到一些同里乡党，他们还要感叹几句我父亲当年的这种劳动，甚至说“你伯总算没有白卖树卖柴”的话。不久，农村实行合作化，土地归集体，父亲也无树根可刨了。我就是在那一年休了学，初中刚念了一个学期。不过，我那时并不以为休学有多么严重，不过晚一年毕业而已，比起班上有些结婚和得了儿女的同学，我是年龄最小的一个。这是新中国成立后才获得念书机会的乡村学生的真实情况，结婚和生孩子做父母的初一学生每个班都有几个，不足为奇。

我在每个夏天的周日从学校回到家中，便要给父亲的那棵椿树秧子浇一桶水。这树秧长得很好，新发出的嫩枝竟然比原来的杆子还粗，肯定是水肥充足的缘由。某一个周六下午我回家走到门口，一眼望见椿树苗新冒出的嫩枝折断了头，不禁一惊，有一种心疼的惋惜，猜想是被谁撞折了，或被哪个孩子掐折了。晚上父亲收工回来吃晚饭时，说是一个七八岁的骚娃（调皮捣蛋的娃）用弹弓折断的。父亲说，娃嘛！就是个骚娃咯，用弹弓耍哩瞄准哩，也不好说他啥。后来就在断折处，从东西两边发出两枝新芽来，渐渐长起来。我曾建议父亲，小树不该过早分杈，应该去掉一枝，留下一枝才能长高长直。父亲说，先不急，都让长着，万一哪个骚娃再折掉一枝，还有一枝。父亲给骚娃们留下了再破坏的余地，我就不仅仅是听从了，还有某点感动。再说这椿树秧子刚冒出来便遭拦头折断的打击，似乎憋了气，硬是非要长出一番模样来，从侧旁发出的两根新芽更见茁壮，眼见着拔高，竞相比赛一般生机勃勃。父亲怕那细杆负载不起茂盛的叶子，一旦刮风就可能折断，便给树干捆绑一根立竿，帮扶着它撑立不倒不折。这椿树便站立住了。无意间几年过去，我高考名落孙山回乡当了民办教师，为生活为前程多所波折，似乎也不太在意它了，这椿树已长得小碗粗了。小碗粗的椿树已经在天空展开枝杈和伞状的树冠，却仍然是两根分枝，父亲竟没有除掉任何一根，他说越长越不忍心砍那多余的一根分枝了，就任其自由生长。这椿树得了父亲的宽容和心软，双枝分杈的形态就保持下来，直到现在都合抱不拢的大树，依然是对称平衡的双枝撑立在天空，成为一道风景，甚至成为一种标志。有找我的人向村人问路，最明了的回答就是，门口场塄有一棵双杈椿树。

到80年代初始，生活已发生巨大转机，吃饱穿暖已不再成为一个问题。好光景到来时，我已筹备拆掉老朽不堪的旧房换盖新房了，不料父亲患了绝症。他似乎在交代后事，对我说，场塄上那棵椿树，可以伐倒做门窗料。我知道椿树性硬却也质脆，不宜做檩当梁，做门窗或桌椅却是上好木材。父亲感慨地说："我栽了一辈子树，一根椽子都没给自家房子用过，都卖给旁人盖房子了，把这椿树伐下来，给咱的新房用上一回。"我听了竟说不出话，喉头发哽。缓解一阵后，我对父亲说，门窗料我会想办法购买（那时木材属统购物资），让椿树长着。我说不出口的一句话是，父亲留给我的活物，就只剩下这一棵椿树了。不久，父亲去世了，椿树依然蓬勃在门外的场塄上。80年代初，我随之获得专业写作的机会，索性回到原下老家图得清静，读书写作 ，还住在遇到阴雨便摆满盆盆罐罐接漏的老屋里，还继续筹备盖房。某一天，有两三个生人到村子里来寻买合适的树，一眼便瞅中了我父亲的这棵椿树，向村人打听树的主人。村人告诉说，那主家自己准备盖房都舍不得伐它，你恐怕也难买到手。买家说可以多掏一些钱，随之找到我，说椿树做家具是好材料，盖房未必好，可以多给一些钱，让我去选购杭木这些上好的盖房材料，并说明他们是做家具卖的生意人。我自然谢绝了。这是绝无商议余地的事。我即使再不济，也不能把父亲留给我的最后一棵树砍了。这椿树就一直长着，直到现在。每隔一段时日抽空回到老家，到门口第一眼看到的就是这棵椿树，父亲就站在我的眼前、树下或门口。我便没有任何孤独空虚，没有任何烦恼，没有任何腌臢的事能够把人腻死……

我和我哥坐在雨篷下聊着这棵椿树的由来。他那时候在青海工作，尚不清楚我帮父亲栽树的过程。他在“大跃进”的头一年应招到青海去了，高中只学了一年就等不得毕业了，想参加工作挣钱了。其实，还是父亲在这时候供给着两个中学生，可以想见其艰难。我是依靠着每月八元的助学金在读书，这成为我一生铭记国家恩情的事。很快，青海兴建的厂矿和学校纷纷下马关门，哥和许多陕西青年一样无可选择又回到老家来，生产队新添一个社员。哥听了我的介绍，却纠正我说，这椿树还不是最老的树，父亲栽的最老的要算上场里地角边的皂荚树。那是新中国刚成立后的50年代初，我们家诸事不顺，我身后的两三个弟妹早夭，有一个刚生下六天得一种“四六风症”死去，有一个妹妹和一个弟弟都长到三四岁了，先后都夭亡了。家养一头黄牛，也在一场畜类流行瘟疫里死了。父亲惶恐中请来一位阴阳先生，看看哪儿出了毛病。那阴阳先生果然神奇，说你家上场祖坟那块地的西北角太空了，空了就聚不住“气”，邪气就乘虚而入了。父亲吓得不知如何是好，急问如何应对如何弥补。阴阳先生说，栽一棵皂荚树，并且解释，皂荚树的皂荚可以除污去垢，而且树身上长满一串串又粗又硬的尖刺，更可以当守护坟园的卫士。父亲满心诚服，到半坡的亲戚家挖来一株皂荚树秧子，栽到上场祖坟那块地的西北角上，成活了也长大了，每年都结着迎风撞响的皂角儿。这皂荚树其实弥补得了多少空缺是很难说的，因为后来家里也还出过几次病灾，任谁都不会再和阴阳先生去验证较真了。这儿却留下一棵皂荚树，父亲的树，至今还长着，仍然是一年一树繁密的皂角，却无人摘折了，农民已经不用皂角洗涤衣服，早已用上肥皂洗衣粉了。哥说的父亲的这棵皂荚树，我隐约有印象，不如他清楚，我那时不太在心，也太小。现在，在祖居的宅院里，两个年过花甲的兄弟，坐在雨篷下，不说官场商场，不议谁肥谁瘦，也不涉水涨潮落，却于无意中很自然地说起父亲的两棵树。父亲去世已经整整二十五年，他经手盖的厦屋和他承继的祖宗的老房都因朽木蚀瓦而难以为继，被我拆掉换盖成水泥楼板结构的新房了，只留下他亲手栽的两棵树还生机勃勃。一棵满枝尖锐硬刺儿的皂荚树，守护着祖宗的坟墓陵园；一棵期望成材做门窗的椿树，成为一种心灵感应的象征，撑立在家院门口，也撑立在儿子们心里。

每到农历六月，麦收之后的暑天酷热，这椿树便放出一种令人停留贪吸的清香花味，满枝上都绣集着一团团比米粒稍大的白花儿，招得半天蜜蜂，从清早直到天黑都嗡嗡嘤嘤的一片蜂鸣，把一片祥和轻柔的吟唱撒向村庄，也把清香的花味弥漫到整个村庄的街道和屋院。每年都在有机缘回老家时，闻到椿树开花的清香，陶醉一番，回味一回，温习一回父亲。今年却因这事那事把花期错过了，便想，明年一定要赶在椿树花开的时日回到原下，弥补今年的亏空和缺欠。那是父亲留给这个世界也留给我的椿树，以及花的清香。

拥有一方绿荫

农历十月初一是家乡的鬼节，活着的人要给死去的亲人烧纸送钱，好让他们在冬季到来之前备置防寒的衣物。在这种事情上我一直是处于理智和情感的分离状态，结果却是一次又一次顺从了情感的驱使，便匆匆赶回乡下老家，去为我的那位终身都在为吃饭穿衣愁肠百结的父亲烧一匝纸钱，让他在冥冥之域不再饥寒交困。

转过村里那座濒临倒塌的关帝庙，便瞅见我的家园。那株法桐撑开偌大的三角形树冠，昂昂扬扬侍立在大门前不过10米的街路边。每一次回归家园第一眼瞅见这株法桐，我的心里就会涌出“我的树”的欣然浩叹。原因再简单不过，这株法桐是我栽的。父亲在世时喜欢栽树，我们家的房前屋后现在还蓬勃着他老先生栽植的树群，场塄上的那株白椿树已经有一搂粗了。然而我每一次回乡看见自己栽下的树都要比看见父亲栽的树更亲切，说穿了不过是栽树的人对那株幼苗当初所寄托的希冀将实现。是的，当我看见自己掘坑挖栽下的那株不过指头粗细的幼苗终于雄壮起来，倚立在村巷里，在浩渺的天空撑起一片绿盖的时候，我的那种感觉颇近似阅读自己刚刚写完的一部小说。

12年前的这个月，我调进陕西作协专业创作组。我那时的唯一感觉便是开始进入最理想的人生状态。专业创作对我来说它的实质性含义只有一点，所有时间可以由我自由支配，再不要听命于谁对我的指派了。压力也同时俱来，生活、学习、创作既然全由自己支配，那么再写不出像样的作品，也就没有任何托辞可以替自己遮羞了。

我几乎同时决定回归老巢。回归我父亲我爷爷我老太爷一脉相承的家园。不是因为他们都死了需得由我来承继，纯粹是为了图得一个耳根清净的环境，可以平心静气地坐下来读书，思考一些不单是艺术也包括艺术的问题。深知自己知识残缺不全，而生活演进的步伐又如此疾骤，好多好多问题太需要沉心静气地想一想了。

住在乡间真是令人心旷神怡，所有的骚扰和诱惑都自然排除。每每在清静到令人寂寞的时候我便走出大门，和村巷里随意相遇的任何一个人拉拉闲话，哪怕逗小孩玩也觉得十分快活。夏天暴日当头时，走出门来就招架不住炎炎烈日的烤炙，暴晒后我的头顶和赤臂就生出一层红红的小米粒似的斑点，奇痒难支，医生说那叫日光性皮炎。我便畏惧已构成暴力的太阳，于是便想到应该有一方绿荫做庇护。出得大门站在浓厚而清凉的树荫下和农人闲谝、抽烟那真是太惬意了……便想到栽两株树。

首先是树种的选择。我要栽两株法桐。几近40年前我读初中，看过一场中国和法国合拍的儿童电影《风筝》，巴黎街道上那高大的街树令我记忆特深，我在家乡没有见过这种树。又过20年我才知道这种树叫法桐，中国的许多城市的公路两边已经形成风景，家乡的一些农家屋院也栽植起来。

是我动手那部长篇小说写作那年的早春，我托村子里一位青年从庙会上买回两株法桐，一株一块钱。树买到了自然很遂心愿，只是遗憾着它太小太细了，仅仅有食指那么粗。天哪！想要乘它的荫凉，想要拥有一方绿荫，得等多少年啊！

我仍然毫不犹豫地挖了坑，给坑底垫下土肥，把它栽下了；栽下了它，也就把一种对绿荫的期盼坚定地埋下了。我拄着铁锨把儿抹着脸上的汗水，欣赏着只及我胸脯高的幼株，一缕忧虑产生了，猪可以拱断它，小孩随手可以掐折它，它太弱小了嘛！于是我便扛着镢头上山坡，挖回一捆酸枣棵子，插在幼株周围，把它严严密密地保护起来。

令我失望的是，几乎所有树木的嫩叶都变成了绿叶，我的两株法桐依然叶苞不动。我拨开酸枣棵子在那树干上掐破表皮，发现已经是干死的褐色。我想把它拔起来扔掉。就在我拽住树干准备用力的一瞬，奇迹发生了，挨近地皮的地方露出来一点嫩黄的幼芽，我的心就由惊喜而微微颤抖了。

这是从法桐的根部冒出的新芽，证明树根还活着。树根活着就会发出新的幼芽，生命多么顽强又多么伟大啊！那是一个尚看不出叶形的粗壮的锥形幼芽，刚刚拱破地皮而崭露头角，嫩黄中有淡淡的嫩绿，估计也就只经受过一两回春天阳光的沐浴吧。我久久地蹲在那里而舍不得离开，庆祝一个新的生命的诞生。我把扒掉的酸枣棵子重新插好，这幼芽不仅经不起车碾马踏人踩猪拱，鸡爪子只要一下就会轻而易举地把它刨断把它摧毁。

我一日不下八次地看那幼芽。它蹿起来了。它由嫩黄变成嫩绿了。它终于伸出一片绿叶了。它又抽出一片新叶了。它终于冒过围护着它的酸枣棵子，以一身勃勃的绿叶挺立起来，那么欢实，那么挺拔地向着天空……唯其丝毫不敢松懈，每年春天挖一捆酸枣棵子加固防护的围障，它依然还弱小，依然经不起意外的或有意的伤害。

它长到我的胳膊粗的时候，我终于享受到它的绿荫了。那树荫投射到地面上，有筛子般大小，我站在树的荫凉下，接受它的庇护。它的尚不雄壮的枝干和尚不宽厚的绿叶，毕竟具备遮挡烈日烈焰的能力，我想拥有一方绿荫的愿望实现了。那一年底，我也终于完成了历时四年的长篇小说写作工程，回城里去了。临走之前，我仍然给它的周围加固一层酸枣棵子。

去年夏天我回去，发现那树干已经长到小碗那么粗了，不知哪家的孩子用小刀在树干上刻写下我的名字。刻刀的印迹已经愈合，颜色却是褐红色的，在树皮的灰白色中十分显眼。从去年到这次回归，我发现那树干急遽加粗，刻着我的名字的那俩字也在长大。树下已经有偌大一片绿荫了。

法桐已经成为一株真正的树挺立在那里，巨大的伞状树冠撑持在天空。父亲在世时给我说过，树冠在天空有多大，树根在地下就会伸延多么远；树干有多粗，树的主根也就有多粗；树枝在空中往上往前伸长一尺一寸，树根在地下也就往下往周围延伸一尺一寸。我至今无法判断父亲这话有多少科学的可靠性，但确凿相信，这树的根已经扎得很深了。即使往坏处想到极点，譬如说突然被过往的汽车撞断了，或者几十年不遇而在某一天却遇到了雷劈电击，这自然都无法预防，但这根是不会被撞毁劈断的。它会重新冒出新芽，它的生命还会重新开始。真的发生这种情况，我将无怨无悔地再去挖酸枣棵子，重新开始对我的法桐新芽的围护。

我久久伫立在我的法桐树旁，欣赏着那已经变形却依然清晰可辨的我的名字，那刻下我名字的淘气鬼也该和这树一样长高长壮了吧？天空飘落着零星小雨，日头隐没了，虽然看不到树荫，却也毫无遗憾。到明年三伏那燥热难熬的时候，我就回家园，享受暴日烈焰下的我的那一方绿荫。

娲氏庄杏黄

蓝田朋友老曾打电话来，说岭上杏黄了，约我去摘杏吃杏。听这话时，心里已沁出酸水来，因为手头事情太多，一时难以确定成行与否，只好把话说到活处。隔几日，老曾又打电话来，杏熟正到洪期，过三几日该清园了。我终于经不住记忆里的大银杏的诱惑，决定上岭去，又有酸水沁出来，完全是生理反应。

村子后背的崖坡上，东头有一株粗大的银杏树，西头也有一株。从杏儿在刚刚萎干的杏花里形成如小拇指大小，绣着一层茸茸细毛，我和伙伴就开始偷摘了，咬一口就酸得龇牙咧嘴睁不开眼睛，仍然还是要偷摘；在树的女主人尖锐的叫骂声中，迅即逃遁到坡沟里隐蔽起来，嘻嘻哈哈品尝那酸过醋精的小杏儿。到我成年后成为基层干部，有年夏天到盛产杏子的一个村子去帮助收麦子，生产队长曾领我到一棵最好的杏树下，几乎吃饱了肚子，实在忍不住这大银杏清香绵甜味道的引诱，中午饭都免吃了。30多年过去，留在味觉记忆里的香味，再也没有重得享用的机会。

大清早起来，空气都是燥热的。城里燥热，家乡的田野里也燥热，毕竟是接近夏天了。汽车在我最熟悉不过也亲近不过的灞河川道里疾驰，满眼扑来绿树和绿草，以及刚刚割过麦子在阳光下闪闪泛着亮光的麦茬地，怎么看都觉得舒服。这种舒悦是潜存在生命深层的每一根神经里。除了父母和医院，我睁开眼睛看到世间的第一道风景，就是割过麦子后留在土地上的麦茬子，被夏天的太阳晒得闪闪发亮，还有河川灌渠上一排排优雅傲然的白杨树。几十年里年年都重新温习反复观赏这河川和岭坡上的景致，铸成一种永久的油画在心灵深处，只是近年间隔断了。今日又触及了，搞不清是眼前的景致融汇到心底，还是心底的那幅油画铺展到眼前的天和地之间，我却是陶醉了。发亮的无边际的麦茬和碧绿的白杨树，引发的是久违的生命本能的舒悦。乡情何止一杯酒所能比拟？

车子拐上岭坡通直的乡间公路。在遇到第一个村子时又拐向西。村子里一幢幢红砖红瓦的新房子，还有两层小楼，迎面的墙壁多用白色和橘红色瓷片装饰，在庄前屋后的椿树槐树桐树和杏树的绿荫里，看去煞是鲜艳煞是清爽。在新房和小楼背后的黄土崖下，还遗存着一孔孔窑洞，那是不知多少辈人出出进进过的落生和终老的穴居式住宅。他们搬出窑洞住进新房小楼了，从昏暗的穴居迁入阳光敞亮的新居了。不过十多年的时间，河川和岭坡上的农民，完成了一次历史性的告别。

车子向西走到一个阔大的河谷的东岸，再沿山路往北，满眼都是绿树，可以闻到杏子成熟时散发的香味了。这觉得有点眼熟，这应该是红河谷，二十多年前我曾来过这里，就在车子向北折拐的坡嘴上。那是杏花三月，我从自家门前的场塄上看到对面岭坡上一片白色的花云，回家收拾了书桌，戴上草帽，蹚过灞河，在小镇上买了两瓶啤酒，找到一条上岭的小路走上去，已见热力的太阳正对着后背，浑身有热搔搔的感觉，走到这个坡嘴上，我被眼前阔大的沟壑迷住了。红河谷入口处不过是一条小小的窄巴巴的山沟，上游却豁然展开一片偌大的谷地，被四周的山岭环抱着，岭坡上到处都是粉白的杏花，如同云彩，隐隐可以看到隐藏在花云之中的村庄里的黑色屋瓦。我便坐在红色黏土地上，面对那层层叠叠的岭坡环抱的谷地，吸着弥漫在温热的空气里的杏花的清香，席地而坐，打开了啤酒瓶。那是我最温馨的一次春游。我那时就想到这漫坡满岭杏黄的时节，再来尝一回刚刚摘下的杏子，不料几十年过去，到今天才成行了。我走进了盛产大银杏的娲氏庄。

娲氏庄在红河谷延伸过来的谷地的南岸。娲氏庄以女娲名字得名的，现在无人能说得清是从哪朝哪代开始启用这个村名的。村子的西北是开阔的谷地，四面再大的暴风刮到这谷地时，都会减弱其暴力而温柔起来，确属一块天然的风水宝地，七八千年前的女娲选择这块地盘，哺养她繁衍的和用泥土抟造的儿女是有道理的。这方岭坡地带整个都弥漫着人类始祖的美丽神话。下了谷底，上了对岸的岭坡，一直向北走，不过30里地就是闻名天下的骊山下的秦始皇陵墓了，我现在摘杏的娲氏庄，是骊山南麓的边缘，整个骊山浑然一体无所间断。北边的山顶上有“人祖庙”，是秦汉以前始建的女娲祠，每年农历七月十五，四面八方的乡民都来朝拜，多为成年女性，依然向这位抟土繁衍了华夏民族的女神乞求一个大胖大壮的儿子。人们广泛知晓骊山下杨贵妃沐浴的香池，也知道周幽王烽火戏诸侯丢失江山的典故，更知晓杨虎城和张学良在这儿扣蒋发动西安事变的故事，却忽略了女娲氏在这方山地岭坡上抟土造人和炼石补天的神话。我到女娲的村庄里摘杏来了，我踩踏的村巷和坡地上的黄土小路，我走进的杏园里的松软的土地，肯定是这位老奶奶无数次奔走踩踏过了的。还有比这更幽远更神秘的岭坡吗？

得了山水地脉独有的优势，娲氏庄的大银杏是口味最好的杏子，左右的或对面岭上坡下的村庄，不过三五里或几十里，都是铺天盖地的杏林，为何娲氏庄的银杏远近传出了名声？据说还是土地和地下水的差异，还有光照的差别，再就是沾着女娲氏的神韵仙气了。娲氏庄银杏出名，不是商业宣传的效应，而是早已名声远播，起码在我小小年纪就听说了，早已有口皆碑了。眼目所到之处，尽是大大小小的杏树，岭坡被层层叠叠的杏树覆盖着；屋院内外都是杏树，金黄的杏子在绿叶里显露出来；墙外的杏树把枝条伸进院子，院里的杏树的枝条又逸出墙头来，枝条上都串结着半黄的和金黄了的杏子。

走出村子，下一道坡坎，沿一条铺满青草的小径走过，草木的清香和杏子的香味在微风里掠过。小路上有男人和女人推着用大竹笼装满银杏的独轮车走过，汗涔涔的脸上堆满真诚的笑，大声爽气地礼让我和朋友吃杏。几经转弯，走到一棵大杏树下，树冠遮盖了至少一分多地的山坡，树干已有空洞，枝叶却依旧茂盛，壮气而又精神，不显一丝衰老气象。老人说这棵杏树已超过百年，记不清是哪代先人栽植的了。我相信他的话，两人合抱的树干就摆在这里。我惊讶的是这株杏树依然着的活力。杏子已经黄了，熟了。主人颇为遗憾地说，他刚刚摘掉树顶上的杏子，只剩下中下部树股树枝上尚未熟透的杏子。杏子是从树梢往下逐渐成熟的。我坐在杏树下，浓密的树叶遮挡着六月的阳光，一片让人可以享受树荫的凉爽。你可以在这个世界上接受诸多的现代享受，也可以获得前人想象不出的快意乐趣，却难得这种原始的树叶遮盖下的一方阴凉儿的享受。远处是不尽的群山岭坡，眼前是随着地势起伏着的杏园里的绿叶，坡坎上正竞相开放着的野萝卜野豆荚的白色和紫色的花，我坐在一棵百年大银杏树荫下，享受山野里大太阳下的一种清凉，似乎回到我青壮年以前的天地里的生活方式和歇息方式。我没有拒绝现代文明生活的矫情，却在重温以往的那种生活形态里除了苦涩，只留下简单的温馨和单纯。我已经很久没有在山野里的树荫下独坐和吸烟的那一份纯净到简单的心境了。

主人攀上一架梯子，从树上摘下几个杏子来。我捏在手里，凭感觉就知道它熟透了，通体金黄，轻轻掰开，就是鲜黄近红的杏肉，略停片刻，凹心里便沁出一汪杏汁来，用舌尖舔一点，那种清香的甜味真是无可形容，无可比拟，因为它是独有的唯一的银杏的香味，何况又是久负盛名的娲氏庄大银杏。只觉得清凌凌的蜜一样的水汁，和着杏肉，入到口里，已渗入到心肝脾脏里去了。主人在骄傲地宣扬他的杏，干净无染，尽可以放心吃。我完全相信，杏树无病虫害，四季不洒任何化学成分的药物。况且这岭坡山洼，没有一家工厂，不见任何有害气体和煤烟，甚至连尘土也很难飞扬。我贪婪地连续吃着，大约把多年以来的亏欠一次性补偿了。

这位拥有百年大树的主人是一位智者，又是一位热心公众利益的富于威望的老者，他把村子里的农民联合起来，组织了一个果农协会，扩大宣传，统一包装，吸引来不少客商，不用推车挑担到城里沿街串巷去叫卖，城里的果品商人开着汽车到村里来收购。还有大批的城里人结伴来摘杏买杏，既体验了自摘鲜杏的情趣，也到山野里怡悦性情。一位年轻干部悄悄告诉我，经过挑选分类，再经过印刷精美的盒子包装，银杏的价值成倍提升，村民自然高兴了。华胥镇政府几年来在岭坡地带搞银杏基地建设，娲氏庄银杏已打出名声，农民见着实惠，仅留一点土地种植粮食作物作为自食，绝大多数土地都栽植大银杏树了。据说他们近年来一亩地杏树的收入，抵得上十亩麦子的价值。真应了乡村自古就流传着的谚语：一亩园，十亩田。娲氏庄和岭上的乡民，真没料想到指靠杏子可以过上舒坦的日子。

朋友老曾约我明年再来。

我便玩笑说，我明年到岭上来种植杏园，你帮我物色一块好地。把写作重置于业余。

回家折枣

在巷子的水果摊上看到红枣摆上来。自然想到又到枣月了，也自然想到该回家折枣了。妻子肯定也知道了枣子开始上市，催促我说，抽空回家折枣。在关中乡村，一般不说“摘”字，凡用“摘”字的地方，大多数时候用“折”，譬如折豆荚、折桑叶、折棉花等，摘一切水果都说折。

“在我的后园，可以看见墙外有两株树，一株是枣树，还有一株也是枣树。”这是鲁迅《秋夜》开篇的绝句。我已记不得什么年纪读的，却记得是一遍成诵，自此便把一缕无尽的意味绵延到现在，也把一种文字的魅力绵延到现在。在我的前院中院和后院，栽了七八种树，有南方和北方的两种白玉兰，粉红色的紫薇，黄色的蜡梅，紫荆花树有红白两株，石榴树，火晶柿子树，还有三株枣树，都是我十余年间先后栽植的。几种花树依着各自的习性在不同季节开花，柿树和枣树也都挂果。每当花开或果熟时月，得空回到原下老屋小院，或尝花闻香，或攀枝折果，都是一种难以表达的清爽和愉悦。

今天又要回家折枣了。虽然都是面对自家院子里的枣树，我已很难体验鲁迅先生在“风雨如磐”的“秋夜”里的那种忧思的情境了。

正是秋高气爽的好季节。树依旧很绿。天空是少见的澄澈和透碧。可以看到远方影影绰绰起伏着的秦岭的轮廓。左首的北岭和右首的南原沉静地摆列在两边，清晰透彻，不时现出掩蔽在村树里的一角红瓦屋脊或一方净白的檐墙。路两边的樱桃园里显示着收获过的败落和冷寂。这条在我生活历程中走得最多也最熟悉的回家的土路，却从来都不曾发生熟悉里的厌倦，视力触摸到任何一个角落，都会在昨天的记忆里泛出新鲜的差异性意味来，夏收后泛着白光的麦茬地，采摘樱桃时不慎攀折断了的枝条，从路边野草丛中突然蹿飞的野鸡，都会把我在城市楼房里的所有思绪排解到一丝不剩，还有乡野的风对城市的污染空气的排除与置换。

进得我原下的村子，再踏进村子里我祖居的院子，先来到柿树下，缀满枝头的柿子，深绿渐变为浅绿，尚不到成熟的时月，似乎比往年结得稀了。穿过前屋到了中院，扑面而来就是满树的枣子了。今年的枣子结得不少了，细软的枝条不堪负重，一条一条垂吊下来，像母亲过去挂在明柱上的蒜辫儿。且不说品尝吧，单是看见这缀满枝条的枣子，就令当初栽树的我有一种实现期待收获果实的无以名状的舒悦和幸福了。枣子已从绿色蜕变出鲜亮的乳白，果皮上有一坨一丝紫红色，尚未熟透到通体变成红色，完全可以折来品尝了。这种枣子比红透的枣子更脆更甜更有水津味儿。东墙根下一株，西墙根下两株，都把蒜瓣似的枣子展现在我的眼前，一派来自土地结晶而成的鲜活，一派无遮无喧亦无言的丰盛，真是让种植它的我感受体验到无与伦比的欢欣了。亲友已搬来梯子。我听到一声吃枣子的咔嚓的脆响，还有对枣子美味的欢叫声。

大约七八年前，我在早春的时候回家，路过一个业已城市化了的乡村，正逢着传统的庙会，顺便到会场去溜达，那到处都摆着乡村人生产和生活的用品，庙会已无庙无神可敬，纯粹变成商品交易市场了。到处都摆着树苗，北方乡村适宜种植的柴树果树和花树秧子成捆成捆堆放在路边，我总是忍不住在那些有树秧的摊儿前驻足停步，总是在抚摸那些树秧嫩干的时候忍不住心动，绝不弱于面对稿纸拔开笔帽时的冲动和激情。也许是自小跟着喜欢栽树的父亲受到的影响，也许是应了一个乡村“半迷儿”卦人给我算就的木命，我确凿爱栽树。和我一起溜达的妻子更喜欢那些民间编织的生活用品，装馍用的竹篮和装筷子的箸笼儿，还有装提水果的竹编长条笼。她不时拽我并提醒我，不要再买任何树苗了，屋前院内再找不到栽树的空地了。其实我心里也明白，能容得我栽树的地皮，只有老家庄前屋后和小院里那几分庄基地了，早被我栽得满满当当的了。不经意间，碰见一位老相识，他也曾弄过文学，却仍然在乡间种地，还在业余写着剧本。我看见他就有说不出口的话，城里有十余家专业剧团，或排场或别致的舞台整年都晾着，一年也敲响不了几回梆子锣钹，你把剧本写给鬼演呀！他的架子车厢里放着一捆打开的枣树秧子，是他培育的一种新品种，比普通枣子个儿大，口感更脆更甜，名曰梨枣，却与梨不相干。他卖得很好，满满一车只剩下半捆了。他一边给我说他正在写作的剧本，一边往我手里塞枣树秧子。他知道我乡下有屋院。再三谢辞不掉，我便拿了三株梨枣回家，下决心把中院一株老品种的樱桃和一株太泼也太占地盘的花树挖掉，给这三株枣树腾出空位。令人惊诧的是，这枣树一年就长到齐墙头高了。直到这枣树秧委实出脱成茁壮的枣树，而且挂了果，赠我枣树的朋友打电话说，他的剧本早已写完，请几位高手名家看过，都在说写得不错的同时，也都说着遗憾。不是剧本能不能排，而是专业剧团根本就不排戏演戏。他问我能不能帮忙想点办法。我不仅没有办法可支，连安慰他的话都说不出口。

到新世纪到来时，我终于下决心回到乡下久别的老宅新屋住下了。枣树是我的院子里最晚发芽的树。当那嫩芽在日出日落的日子里蓬勃出鲜绿的叶子，我发现了短短的叶柄根下的花蕾，不过小米粒大小，绣成一堆。我在那个早晨的心情顿然变得出奇的好。每天早晨起来，我都忍不住到枣树下站一会儿，看那小米粒似的花蕾的动静。直到有一天早晨，我刚走到屋檐下，便闻到一缕奇异的香气儿，凭直觉就判断出枣花开了。小米粒似的花苞绽放开来的花儿自然不起眼，比小米的黄色浅些，接近于白色，香味却很浓郁，枝条上稀稀拉拉的枣花，却使整个小院都弥漫着清香。蜜蜂先我绕着枣树飞舞了。枣花蜜是蜂蜜中的上品。

眼看着那枯萎的枣花里挣出一只枣子来，恰如刚落生的婴儿，似乎可以听到那进入天地之间的啼哭。小米粒大的枣子，似乎一夜或两夜之间就长到扁豆粒大了，豌豆粒大了，花生粒大了，最后就定格在乒乓球那般大小了，个别枣子竟然有柴鸡蛋的个头。在桌子前在椅子上坐得久了，无论读着什么或写着什么，走出屋子走到枣树下，看着隐蔽在枝杈叶丛里的青枣，那正在你眼皮下丰满和长大的果实，一种蓬勃的生命的活力便向人洋溢着。枣子青绿的颜色，在我日复一日的注视下，渐渐淡了，泛出乳白色了，又浮出一丝一坨的紫红，它成熟了。我折下最先显出红色的一颗，咬了一口，便确信是我有生以来吃到的最好一颗枣子了。这枣子皮薄肉细，又脆，满口竟有一股蜂蜜味儿。我便不忍心再吃第二颗，留给家人品尝，也留给那些从城里跑到乡下来找我的朋友享一回口福，让他们知道还有这样好吃的枣子。我给他们宣布政策，每人只能品尝一颗。无论年轻朋友，无论德高望重的老教授，都是咬下一口便禁不住声地赞叹起来。我便相信我的口感不沾连栽种者的偏爱因素，也毫不动摇地拒绝要吃第二颗的申求——总共只结了六七十颗，该当让更多的远道来客添一份情趣……后来几年的枣子，结得多了繁了，味道却大不如头一年。今年是前所未有的丰年，味道更差了，有点干巴。我心知肚明，肯定是干旱造成的。没有办法，我住了两年又离开原下的院子，一年回不来几回，枣子在每年伏天的旱季能保存不落，已属幸事了。

我已经不太在意枣子的多少和品味的差别了。我只寻找折枣的过程。常常庆幸得意我尚有一坨可以栽植枣树的院子，以及折枣折柿子的机会。这心理往往是瞅见城里人悬在空中阳台上盆栽的花草而生发的。他们已无可以栽一株树或一窝花的土地，只能栽在盆里悬在楼房的阳台上。我在被晒得烫烧脚心的水泥路和被油气污染的空气里憋得透不过气时，得空逃回乡下的屋院，拔除院子疯长的草，为柴树花树和果树浇一桶水，在树荫里在屋檐下喝一瓶啤酒，与乡党说几句家长里短的话，尤其是回来折一回枣儿，心里顿然就静泊下来了。

今年回了家，折了一回枣。

明年还回家折枣。

家有斑鸠

住到乡下老屋的第一个早晨，刚睁开眼，便听到“咕咕——咕咕”的鸟叫声。这是斑鸠。虽然久违这种鸟叫声，却不陌生，第一声入耳，我便断定是斑鸠，不由得惊喜。

披上衣服，竟有点迫不及待，悄声静气地靠近窗户，透过玻璃望出去，后屋的前檐上，果然有两只斑鸠。一只站在瓦楞上，另一只围着它转着，一边转着，一边点头，发出“咕咕咕咕”的叫声。显然是雄斑鸠在向雌斑鸠求爱，颇为绅士，像西方男子向所爱的女子鞠躬致礼，“咕咕咕”的叫声类似“我爱你”的表白。

这是我回到乡下老屋的第一个早晨看见的情景。一个始料不及的美妙的早晨。

六年前的大约这个时节，我和文学评论家王仲生教授住在波士顿城郊他的胞弟家里。尽管这座三层小洋楼宽敞舒适，我和王教授还是更喜欢站在或坐在后院里。后院是一片绿茸茸的草坪，有几种疏于管理的花木。这一排房子的后院连着后面一排小楼房的后院，中间有一排粗大高耸的树木分隔。树木的枝杈上，与其说栖息着毋宁说侍立着一群鸟儿。一种通体黑色的梭子形状的鸟，在人刚打开后门走到草坪边的时候，便从树枝上飞下来，落在草坪上，期待着人撒出面包屑或什么吃食。你撒了吃剩的面包屑或米粒儿，它们就在你面前的草地上争食，甚至大胆地跳到人的脚前来。偶尔，还会有一只两只松鼠不知从哪棵树上蹿下来，和梭子鸟儿在草地上抢夺食物。

我在那个令人忘情的人与鸟兽共处的草坪上，曾经想过在我家的小院里，如若能有这样一群敢于光顾的鸟儿就好了。我们近年来的经济成就令世人瞩目，然而要赶上人家的年生产总值和人均收入的水平，尚需一个较长的时日；然而我们的鸟儿和诸如松鼠的小兽敢于到居民的阳台和农民的小院来觅食，却是不需花费财力物力的事，只需给鸟儿和兽儿一点人道和爱心就行了。然而实际想来，实现这样人鸟人兽共存共荣的和谐景象，恐怕也不是短时间的事。

飞翔在我们天空的鸟儿和奔驰在我们山川里的兽儿，对人的恐惧和绝对的不信任是一个基本的事实。我们把爱鸟爱兽作为一个普遍的社会意识来提倡，不过是十来年间的事。我们把鸟儿兽儿作为美食作为美裳作为玩物作为发财的筹码而心狠手狠的年月，却无法算计。我能记得和看到的，一是1958年对麻雀发动的全民战争，麻雀虽未绝种，倒是把所有飞翔在天空的各色鸟儿吓得肝胆欲裂，它们肯定会把对人的恐惧和防范作为生存戒律传递给子子孙孙。再是种种药剂和化肥，杀了害虫长了庄稼，却把许多食虫食草的鸟儿整得种族灭绝。更不要说那些利欲熏心丧尽良知的捕杀濒临灭绝的珍禽异兽者。我曾瞎猜过，能够存活到今天的鸟类、兽类，肯定具备一组特别优秀的专司提防、警惕人类伤害的基因。不然，早该在明枪暗弓以及五花八门的机关和陷阱里灭绝了。

还是说我家的斑鸠。

我有记事能力的时候就认识并记住了斑鸠，像辨识家乡的各种鸟儿一样，不足为奇。斑鸠在我的滋水家乡的鸟类中，是最朴拙最不显眼近乎丑陋的一种鸟。灰褐色的羽毛比不得任何一种鸟儿，连麻雀的羽翅上的暗纹也比不得。没有长喙和高足，比不得啄木鸟和鹭鸶。没有动人的叫声，从早到晚都是粗浑单调的“咕咕咕——咕咕咕”的声音。它的巢也是我所见过的鸟窝中最简单最不成型的一种，简单到仅有可以数清的几十根柴枝，横竖搭置成一个浅浅的潦草的窝。小时候我站在树下，可以从窝的底部的缝隙透见窝里有几枚蛋。我曾经在20世纪60年代的小学课本上看到过以斑鸠为题编写的课文，说斑鸠是最懒惰的鸟，懒得连窝也不认真搭建，冬天便冻死在这种既不遮风亦不挡雨的窝里。

然而，整个80年代到90年代初，我住在祖居的老屋读书写字，没有看见过一只斑鸠。尽管我搞不清斑鸠消亡的原因，却肯定不会是如童话所阐述的陋窝所致，倒是倾向于某种农药或化肥的种类性绝杀。这种普遍的毫不起眼的鸟儿的绝踪，没有引起任何村人的注意。我以为在家院的周围再也看不到斑鸠了。

斑鸠却在我重返家乡的第一个清晨出现了，就在我的房檐上。

我便轻手开门，怕惊吓了它。它还是飞走了。

我朝院中的空地上撒一把小米，或一把玉米糁子，诱使它到小院里来啄食。

初始，无论我怎样轻手蹑足开门走路，它一发现我从屋内走到院中，“扑棱”一声就从屋脊或围墙上起飞了，飞入高高的村树上去了。我仍然往小院里撒抛米谷。直到某一日，我开门出来，两只斑鸠突然从院中飞起，落到房檐上，还在探头探脑瞅着院中尚未吃完的谷米。我的心里一动，它终于有胆子到院内落脚啄食了，这是一次突破性的进展。

我和斑鸠的关系获得令人振奋的突破之后，随之便是持久的停滞不前。斑鸠在房檐在房脊在院墙上栖息追逐，似乎已经放心无虞。然而有我在场的时候，它们绝不飞落到院里来啄食，无论我抛撒的米谷多么富于诱惑。有几次我从室内的窗玻璃前窥视到斑鸠在院中啄食米谷的情景，每当我一出门，它们便惊慌地飞上房顶。这一刻，我清醒地意识到，它还不完全是我家的斑鸠。

要让斑鸠随心无虞地落到小院里，心里踏实地啄食，在我的眼下，在我的脚前，尚需一些时日。

我将等待。

告别白鸽

老舅到家里来，话题总是离不开退休后的生活内容。谈到他还可以干翻轧麦地这种最重的农活儿，很自豪的神情；养着一只大奶羊，早晨起来挤下羊奶煮熟和孙子喝了，孙子去上学，他则牵着羊到坡地里去放牧，挺诱人的一种惬意的神色；说他还养着一群鸽子，到山坡上放羊时或每月进城领取退休金时，顺路都要放飞自己的鸽子。我禁不住问："有白色的没有？纯白的？"

老舅当即明白了我的话意，不无遗憾地说："有倒是有……只有一对。"随之又转换成愉悦的口吻："白鸽马上就要下蛋了，到时候我把小白鸽给你捉来，就不怕它飞跑了。"老舅大约看出我的失望，继续解释说："那一对老白鸽你养不住，咱们两家原上原下几里路，它一放开就飞回老窝里去了。"

我就等待着，并不着急，从产卵到孵化再到幼鸽独立生存，差不多得两个月，急是没有用的。我那时正在远离城市的乡下故园里住着读书写作，有七八年了，对那种纯粹的乡村情调和质朴到近乎平庸的生活，早已生出寂寞，尤其是陷入那部长篇小说的写作以来的三年。这三年里我似乎在穿越一条漫长的历史隧道，仍然看不到出口处的亮光，一种劳动过程之中尤其是每一次劳动中止之后的寂寞围裹着我，常常难以诉述难以排解。我想到能有一对白色的鸽子，心里便生出一缕温情一方圣洁。

出乎我意料的是，一周没过，舅舅又来了，而且捉来了一对白鸽。面对我的欣喜和惊讶之情，老舅说："我回去后想了，干脆让白鸽把蛋下到你这里，在你这里孵出小鸽，它就认你这儿为家咧。再说嘛，你一年到头闷在屋里看书呀写字呀，容易烦。我想到这一层就赶紧给你捉来了。"我看着老舅的那双洞达豁朗的眼睛，心不由怦然颤动起来。

我把那对白鸽接到手里时，发现老舅早已扎住了白鸽的几根羽毛，这样被细线捆扎的鸽子只能在房屋附近飞上飞下，而不会飞高飞远。老舅特别叮嘱说，一旦发现雌鸽产下蛋来，就立即解开它翅膀上被捆扎的羽毛，此时无须担心鸽子飞回老窝去，它离不开它的蛋。至于饲养技术，老舅不屑地说："只要每天早晨给它撒一把包谷粒儿……"

我在祖居的已经完全破败的老屋的后墙上的土坯缝隙里，砸进了两根木棍子，架上一只硬质包装纸箱，纸箱的右下角剪开一个四方小洞，就把这对白鸽放进去了。这幢已无人居住的破落的老屋似乎从此获得了生气，我总是抑制不住对后墙上的那一对活泼的白鸽的关切之情，没遍没数儿地跑到后院里，轻轻地撒上一把玉米粒儿。

起始，两只白鸽大约听到玉米粒落地时特异的声响，挤在纸箱四方洞口探头探脑，像是在辨别我投撒食物的举动是真诚的爱意抑或是诱饵？我于是走开，以便它们可以放心进食。

终于出现奇迹。那天早晨，一个美丽的乡村的早晨，我刚刚走出后门扬起右手的一瞬间，扑啦啦一声响，一只白鸽落在我的手臂上，迫不及待地抢夺手心里的玉米粒儿。接着又是扑啦啦一声响，另一只白鸽飞落到我的肩头，旋即又跳到手臂上，挤着抢着啄食我手心里的玉米粒儿。四只爪子掐进我的皮肉，有一种痒痒的刺痛，然而听着玉米粒从鸽子喉咙滚落下去的撞击的声响，竟然不忍心抖掉鸽子，似乎是一种早就期盼着的信赖终于到来。

又是一个堪称美丽的早晨，飞落到我手臂上啄食玉米的鸽子仅有一只，我随之发现，另外一只静静地卧在纸箱里孵卵了。新生命即将诞生的欣喜和某种神秘感，立时就在我的心头漫溢开来。遵照老舅的经验之说，我当即剪除了捆扎鸽子羽毛的绳索，白鸽自由了，那只雌鸽继续钻进纸箱去孵蛋，而那只雄鸽，扑啦啦扑向天空去了。

终于听到了破壳而出的幼鸽的细嫩的叫声。我站在后院里，先是发现了两只破碎的蛋壳，随之就听到从纸箱里传出来的细嫩的新生命的啼叫声。那声音细弱而又嫩气，如同初生婴儿无意识的本能的啼叫，又是那样令人动心动情。我几乎同时发现，两只白鸽轮番飞进飞出，每一只鸽子的每一次归巢，都使纸箱里欢闹起来，可以推想，父亲或母亲为它们捕捉回来了美味佳肴。

我便在写作的间隙里来到后院，写得拗手时到后院抽一支烟，那哺食的温情和欢乐的声浪会使人的心绪归于清澈和平静，然后重新回到摊着书稿的桌前；写得太顺时我也有意强迫自己停下笔来，到后院里抽一支雪茄，瞅着飞来又飞去的两只忙碌的白鸽，聆听那纸箱里日渐一日愈加喧腾的争夺食物的欢闹，于是我的情绪由亢奋渐渐归于冷静和清醒，自觉调整到最佳写作状态。

这一天，我再也禁不住神秘的纸箱里小生命的诱惑，端来了木梯，自然是趁着两只白鸽外出采食的间隙。哦！那是两只多么丑陋的小鸽，硕大的脑袋光溜溜的，又长又粗的喙尤其难看，眼睛刚刚睁开，两只肉翅同样光秃秃的，它俩紧紧依偎在一起，静静地等待母亲或父亲归来哺食。我第一次看到了初生形态的鸽子，那丑陋的形态反而使我更急切地期盼其蜕变和成长。

我便增加了对白鸽喂食的次数，由每天早晨的一次到早、午、晚三次。我想到白鸽每天从早到晚外出捕捉虫子，活动量大大增加，自身的消耗也自然大大增加，而且把采来的最好的吃食都喂给幼鸽了。

说来挺怪的，我按自己每天三餐的时间给鸽子撒上三次玉米粒，然后坐在书桌前与我正在交缠着的作品里的人物对话，心里竟有一种尤为沉静的感觉，白鸽哺育幼鸽的动人情景，有形无形地渗透到我对作品人物的性格的把握和描述着的文字之中。

又是一个美丽的早晨，我在往地上撒下一把玉米粒的时候，两只白鸽先后飞下来，它们显然都瘦了，毛色也有点灰脏有点邋遢。我无意间往墙上的纸箱一瞅，两只幼鸽挤在四方洞口，以惊异稚气的眼睛瞅着正在地上啄食的父亲和母亲。那是怎样漂亮的两只幼鸽哟，雪白的羽毛，让人联想到刚刚挤出的牛乳。幼鸽终于长成了，所有对可能发生的意外或不测的担心顿然化解了。

那是一个下午，我准备到河边去散步，临走之前给白鸽撒一把玉米粒，算是晚餐。我打开后门，眼前一亮，后院的土围墙的墙头上，落栖着四只白色的鸽子，竟然给我一种白花花一大堆的错觉。两只老白鸽看见我就飞过来了，落在我的肩头，跳到手臂上抢啄玉米。我把玉米撒到地上，抖掉老白鸽，好专注欣赏墙头上那两只幼鸽。

两只幼鸽在墙头上转来转去，瞅瞅我又瞅瞅在地上啄食的老白鸽，胆怯的眼光如此明显，我不禁笑了。从脑袋到尾巴，一色纯白，没有一根杂毛，牛乳似的柔嫩的白色，像是天宫降临的仙女。是的，那种对世界对自然对人类的陌生和新奇而表现出的胆怯和羞涩，使人顿时生出诸多的联想：刚刚绽开的荷花，含珠带露的梨花，养在深山人未识的俏妹子……最美好最纯净最圣洁的比喻仍然不过是比喻，仍然不及幼鸽自身的本真之美。这种美如此生动，直教我心灵震颤，甚至畏怯。是的，人可以直面威胁，可以蔑视阴谋，可以踩过肮脏的泥泞，可以对叽叽咕咕保持沉默，可以对丑恶闭上眼睛，然而在面对美的精灵时却是一种怯弱。

小白鸽和老白鸽在那幢破烂失修的房脊上亭亭玉立。这幢由家族的创业者修盖的房屋，经历了多少代人的更替而终于墙颓瓦朽了，四只白色的鸽子给这幢风烛残年的老房子平添了生机和灵气，以至幻化出家族兴旺时期的遥远的生气。

夕阳绚烂的光线投射过来，老白鸽和幼白鸽的羽毛红光闪耀。

我扬起双手，拍出很响的掌声，激发它们飞翔。两只老白鸽先后起飞。小白鸽飞起来又落下去，似乎对自己能否翱翔蓝天缺乏自信，也许是第一次飞翔的胆怯。两只老白鸽就绕着房子飞过来旋过去，无疑是在鼓励它们的儿女勇敢地起飞。果然，两只小白鸽起飞了，翅膀扇打出啪啪啪的声响，跟着它们的父母彻底离开了屋脊，转眼就看不见了。

我走出屋院站在街道上，树木笼罩的村巷依然遮挡视线，我就走向村庄背靠的原坡，树木和房舍都在我眼底了。我的白鸽正从东边飞翔过来，沐浴着晚霞的橘红。沿着河水流动的方向，翼下是蜿蜒的河流，如烟如带的杨柳，正在吐穗扬花的麦田。四只白鸽突然折转方向，向北飞去，那儿是骊山的南麓，那座不算太高的山以风景和温泉名扬历史和当今，烽火戏诸侯和捉蒋兵谏的故事就发生在我的对面。两代白鸽掠过气象万千的那一道道山岭，又折回来了，掠过河川，从我的头顶飞过，直飞上白鹿原顶更为开阔的天空。原坡是绿的，梯田和荒沟有麦子和青草覆盖，这是我的家园一年四季中最迷人最令我陶醉的季节，而今又有我养的四只白鸽在山原河川上空飞翔。这一刻，世界对我来说就是白鸽。

这一夜我失眠了，脑海里总是有两只白色的精灵在飞翔，早晨也就起来晚了。我猛然发现，屋脊上只有一双幼鸽。老白鸽呢？我不由得瞅瞅天空，不见踪迹，便想到它们大约是捕虫采食去了。直到乡村的早饭时间已过，仍然不见白鸽回归，我的心里竟然是惶惶不安。这当儿，舅父走进门来了。

“白鸽回老家了，天刚明时。”

我大为惊讶。昨天傍晚，老白鸽领着儿女初试翅膀飞上蓝天，今日一早就飞回舅舅家去了。这就是说，在它们来到我家产卵孵蛋哺育幼鸽的整整两个多月里，始终也没有忘记老家故巢，或者说整个两个多月孵化哺育幼鸽的行为本身就是为了回归。我被这生灵深深地感动了，也放心了。我舒了一口气：“噢哟！回去了好。我还担心被鹰鹞抓去了呢！”

留下来的这两只白鸽的籍贯和出生地与我完全一致，我的家园也是它们的家园；它们更亲昵地甚至是随意地落到我的肩头和手臂上，不单是为着抢啄玉米粒儿；我扬手发出手势，它们便心领神会从屋脊上起飞，在村庄、河川和原坡的上空，做出种种酣畅淋漓的飞行姿态，山岭、河川、村舍和古原似乎都舞蹈起来了。然而，我却一次又一次地抑制不住发出吟诵：这才是属于我的白鸽！而那一对老白鸽嘛……毕竟是属于老舅的。我也因此有了一点点体验，你只能拥有你亲自培育的那一部分……

当我行走在历史烟云之中的一个又一个早晨和黄昏，当我陷入某种无端的无聊、无端的孤独的时候，眼前忽然会掠过我的白鸽的倩影，淤积着历史尘埃的胸膛里便透进一股活风。

直到惨烈的那一瞬，至今依然感到手中的这支笔都在颤抖。那是秋天的一个夕阳灿烂的傍晚，河川和原坡被果实累累的玉米、棉花、谷子和各种豆类覆盖着，人们也被即将到来的丰盈的收获鼓舞着，村巷和田野里泛溢着愉快喜悦的声浪。我的白鸽从河川上空飞过来，在接近西边邻村的村树时，转过一个大弯儿，就贴着古原的北坡绕向东来。两只白鸽先后停止了扇动着的翅膀，做出一种平行滑动的姿态，恰如两张洁白的纸页飘悠在蓝天上。正当我忘情于最轻松最舒悦的欣赏之中时，一只黑色的幽灵从原坡的哪个角落里斜冲过来，直扑白鸽。白鸽惊慌失措地扇动翅膀重新疾飞，然而晚了，那只飞在头前的白鸽被黑色幽灵俘掠而去。我眼睁睁地瞅着头顶天空所骤然爆发的这一场弱肉强食、侵略者和被屠杀者的搏杀……只觉眼前一片黑暗。当我再次眺望天空，唯见两根白色的羽毛飘然而落，我在坡地草丛中捡起，羽毛的根子上带着血痕，有一缕血腥气味。

侵略者是鹞子，这是家乡人的称谓，一种形体不大却十分凶残暴戾的鸟。

老屋屋脊上现在只有一只形单影孤的白鸽。它有时原地转圈，发出急切的连续不断的咕咕的叫声；有时飞起来又落下去，刚落下去又飞起来，似乎惊恐又似乎是焦躁不安；我无论怎样抛撒玉米粒儿，它都不屑一顾更不像往昔那样落到我肩上来。它是那只雌鸽，被鹞子残杀的那只是雄鸽。它们是兄妹也是夫妻，它的悲伤和孤清就是双重的了。

过了好多日子，白鸽终于跳落到我的肩头，我的心头竟然一热，立即想到它终于接受了那惨烈的一幕，也接受了痛苦的现实而终于平静了。我把它握在手里，光滑洁白的羽毛使人产生一种神圣的崇拜。然而正是这一刻，我决定把它送给邻家一位同样喜欢鸽子的贤，他养着一大群杂色信鸽，却没有白鸽。让我的白鸽和他那一群鸽子合帮结伙，可能更有利于生存；再者，我实在不忍心看见它在屋脊上那样孤单。

它还比较快地与那一群杂色鸽子合群了。

我看见一群灰鸽子在村庄上空飞翔，一眼就能辨出那只雪白的鸽子，欣慰于我的举措的成功。

贤有一天告诉我，那只白鸽产卵了。

贤过了好多天又告诉我，孵出了两只白底黑斑的幼鸽。

我出了一趟远门回来，贤告诉我，那只白鸽丢失了。我立即想到它可能又被鹞子抓去了。贤提出来把那对杂交的白底黑斑的鸽子送我。我谢绝了。

又过了一些日子，我失掉两只白鸽的情感波澜已经平静，老屋也早已复归平静，对我已不再具任何新奇和诱惑。我在写作的间隙里，到前院浇花除草，后院都不再去了。这一天，我在书桌前继续文字的行程，窗外传来了咕咕咕的鸽子的叫声，便摔下笔，直奔后院。在那根久置未用的木头上，卧着一只白鸽。是我的白鸽。

我走过去，它一动不动。我捉起它来，它的一条腿受伤了，是用细绳子勒伤了的。残留的那段细绳深深地陷进肿胀的流着脓血的腿杆里，我的心里抽搐起来。我找到剪刀剪断了绳子，发觉那条腿实际已经勒断了，只有一缕尚未腐烂的皮连接着。它的羽毛变成灰黄，头上粘着污黑的垢甲，腹部黏结着干巴的鸽粪，翅膀上黑一坨灰一坨，整个儿污脏得难以让人握在手心了。

我自然想到，这只丢失归来的白鸽是被什么人捉去了，不是遭了鹞子。它被人用绳子拴着，给自家的孩子当玩物；或者连他以及什么人都可以摸摸玩玩的。白鸽弄得这样脏兮兮的，不知有多少脏手抚弄过它，却根本不管不顾被细绳勒断了的腿。我在那一刻突然想到，它还不如它的丈夫被鹞子扑杀的结局。

我在太阳下为它洗澡，把由脏手弄到它羽毛上的脏洗濯干净，又给它的腿伤敷了消炎药膏，盼它伤愈，盼它重新发出羽毛的白色。然而它死了，在第二天早晨，在它出生的后墙上的那只纸箱里……

又见鹭鸶

那是春天的一个惯常的傍晚，我沿着水边的沙滩漫不经心地散步。旱草和水草都已经蓬勃起来，河川里满眼都是盎然生机，野艾、苦蒿、薄荷和鱼腥草的气味混和着弥漫在空气里，风轻柔而又湿润。在桌椅间窝蜷了一天的四肢和绷紧的神经，渐渐舒展开来松弛开来。

绕过一道河石垒堆的防洪坝，我突然瞅见了鹭鸶，两只！当下竟不敢再挪动一步，生怕冲撞了它惊飞了它，便蹑手蹑脚悄悄在沙地上坐下来，压抑着冲到唇边的惊叹。哦！鹭鸶又飞回来了！

在顺流而下大约30米处，河水从那儿朝南拐了个大弯儿，弯儿拐得不急不直随心所欲，便拐出一大片生动的绿洲，靠近水流的沙滩上水草尤其茂密。两只雪白的鹭鸶就在那个弯头上踯躅，在那一片生机盎然的绿草中悠然漫步；曲线优美到无与伦比的脖颈迅捷地探入水中，倏忽又在草丛里扬起头来；两条峭拔的长腿淹没在水里，举趾移步优然雅然；一会儿此前彼后，此左彼右，一会儿又此后彼前此右彼左；断定是一对儿没有雄尊雌卑或阴盛阳衰的纯粹感情维系的平等夫妻……

于是，小河的这一方便呈现出别开生面令人陶醉的风景，清澈透碧的河水哗哗吟唱着在河滩里蜿蜒，两个穿着艳丽的女子在对岸的水边倚石搓洗衣裳，三头紫红毛色的牛和一头乳毛嫩黄的牛犊在沙滩草地上吃草，三个放牛娃坐在草地上玩扑克，蓝天上只有一缕游丝似的白云凝而不动，落日正渲染出即将告别时的热烈和辉煌……这些时常见惯的景致，全都因为一双鹭鸶的出现而生动起来。

不见鹭鸶，少说也有20多年了。小时候在河里耍水在河边割草，鹭鸶就在头前或身后的浅水里，有时竟在草笼旁边停立；上学和放学涉过河水时，鹭鸶在头顶翩翩飞翔，我曾经妄想把一只鸽哨儿戴到它的尾毛上；大了时在稻田里插秧或是给稻畦里放水，鹭鸶又在稻田圪梁上悠然踱步，丝毫也不戒备我手中的铁锨……难以泯灭的永远鲜活的鹭鸶的倩影，现在就从心里扑飞出来，化成活泼的生灵在眼前的河湾里。

至今我也搞不清鹭鸶突然离去突然绝迹的因由，鸟类神秘的生活习性和生存选择难以揣摸。岂止鹭鸶这样的小河流域鸟类中的贵族，乡民们视作报喜的喜鹊也绝迹了，张着大翅盘旋在村庄上空窥伺母鸡的恶老鹰彻底销声匿迹了，连丑陋不堪、猥琐笨拙的斑鸠也再不复现了，甚至连飞起来遮天蔽日的丧婆儿黑乌鸦都见不着一只，只有麻雀种族旺盛，村庄和田野处处都只能听到麻雀的叽叽喳喳。到底发生了什么灾变，使鸟类王国土崩瓦解灭族灭种留下一片大地静悄悄？

单说鹭鸶。许是水流逐年衰枯、稻田消失、绿地锐减，这鸟儿瞧不上越来越僵硬的小河川道了？许是乡民滥施化肥农药污染了流水也污浊了空气，鹭鸶感到窒息而逃逸了？许是沿河两岸频频敲打的庆贺“指示”发表的锣鼓和震天撼地的炮铳，使这喜欢悠闲的贵族阶级心惊肉跳恐惧不安，抑或是不屑于这一方地域上人类的愚蠢可笑拂尾而去？许是那些隐蔽在树后的猎手暗施的冷枪，击中了鹭鸶夫妻双方中的雌的或雄的，剩下的一个鳏夫或寡妇悲怆遁逃？

又见鹭鸶！又见鹭鸶！

落日已尽，红霞隐退，暮霭渐合。两只鹭鸶悠然腾起，翩然闪动着洁白的翅膀逐渐升高，没有顺河而下也没见逆流而上，偏是掠过小河朝北岸树木葱茏的村庄飞去了。我顿然悟觉，鹭鸶原是在村庄里的大树上筑巢育雏的。我的小学校所在的村庄面临河岸的一片白杨林子里，枝枝杈杈间竟有二十多个鹭鸶搭筑的窝巢，乡民们无论男女无论老幼引为荣耀视为吉祥。一只刚刚生出羽毛的雏儿掉到地上，竟然惊动了整个村庄的男女老少，合议着公推一位爬树利落的姑娘把它送回窝儿里。更不必担心伤害鹭鸶的事了，那是被视为作孽短寿的事。鹭鸶和人类同居一处无疑是一种天然和谐，是鸟类对人类善良天性的信赖和依傍。这两只鹭鸶飞到北岸的哪个村庄里去了呢？在谁家门前或屋后的树上筑巢育雏呢，谁家有幸得此吉兆得此可贵的信赖情愫呢？

我便天天傍晚到河湾里来，等待鹭鸶。连续五六天，不见踪影，我才发现没有鹭鸶的小河黯然失色。我明白自己实际是在重演那个可笑的“守株待兔”的寓言故事，然而还是忍不住要来。鹭鸶的倩影太富于诱惑了。那姿容端的是一种仙骨神韵，一种优雅一种大度一种自然；起飞时悠然翩然，落水时也悠然翩然，看不出得意时的昂扬恣肆，也看不出失意下的气急败坏；即使在水里啄食小虫小虾青叶草芽儿，也不似鸡们鸭们雀们饿不及待的贪馋和贪婪相。二三十年不见鹭鸶，早已不存再见的企冀和奢望，一见便不能抑止和罢休。我随之改变守候而为寻找，隔天沿着河流朝下，隔天又溯流而上，竟是一周的寻寻觅觅而终不得见。

我又决定改变寻找的时间，于是舍弃了一个美好的山洒儿的早晨，在黎明的晨曦中沿着河水朝上走。大约走出5里路程，河川骤然开阔起来，河对岸有一大片齐肩高的芦苇，临着流水的芦苇幼林边，那两只鹭鸶正在悠然漫步，刚出山顶的霞光把白色的羽毛染成霓虹。

哦！鹭鸶还在这小河川道里。

哦！鹭鸶对人类的信赖毕竟是可以重新建立的。

我在一块河石上悄然坐下来，隔水眺望那一对圣物，心头便涌出一首脍炙人口的诗歌来：

蒹葭苍苍

白露为霜

所谓伊人

在水一方

拜见朱鹮

中国有熊猫，世界独一无二，国宝。

中国有朱鹮，同样独一无二，同样为国宝。

朱鹮在中国，也只是在陕西洋县一地有。洋县在秦岭南麓，汉江边上，有平坦的坝子，有曲线优美舒展温柔的缓坡，有重叠起伏一袭秀气的丘陵，有挺拔伟岸弥漫着原始森林气息的秦岭群峰，有如画如诗的田畴和稻地，更有性情温和天性怡然的乡民……在世界各地的朱鹮相继灭绝（日本仅余一只失去繁育能力的老鸟）的现今，洋县却存留住了这种鸟儿。

想到今天就可以看到朱鹮，竟有拜谒的激动和忐忑。这种心态源自既久的关于朱鹮的传闻的神秘。90年代初，第一次从报刊上看到在陕西洋县发现朱鹮的消息，看到了这种前所未闻的稀世珍禽的倩影，尽管报纸上照片的印刷质量极差，然而这鸟儿的仙姿丽影依然飘逸显现，给我留下来一个梦幻丽人的记忆。那时候，同时就滋生了想一睹其风姿的欲望，整整十年了，曾经有过下汉中途经洋县的行程，却没有机缘去攀见，欲望便滞积在心里，愈久愈强烈。

十年里，有关朱鹮的印象不断地加深着，报刊和电视上不断有关于朱鹮的消息，都是令人兴奋和欣慰的：最初发现的几只朱鹮安全无虞。国家已经在洋县建立朱鹮救护基地，并派出专家精心养护。日本友人捐资救护朱鹮，有社会团体也有个人。更令人振奋的消息说，在洋县某地又发现朱鹮聚生的群体。十年下来，朱鹮的族群从最初的几只已经繁衍到200只，成为一个令世界惊羡的华丽家族了，这个濒临灭种的鸟类珍品注定不会从最后一块栖息之地消失了。

朱鹮在南美的丛林里已经消失了，不再重现。朱鹮在日本仅存一只，也到了年迈色衰失掉繁殖本能的奄奄状态，绝灭是注定了的。日本国民为这种鸟儿即将面临的灭绝，几乎举国哀怨，且有自省，他们的许多东西都趋世界前列，而一只小鸟的保护却屡遭失挫，以至眼巴巴看着它绝世而去。朱鹮被日本人视为国鸟，有某种悠长的情结。据说日本人通过几种途径渴求得到中国朱鹮，以弥补国人心里那份永久的遗憾和亏欠，直到天皇访华向我国领导人提出这种愿望，于是就有一对名为“友友”和“洋洋”的朱鹮从洋县起程，一路专车监护，经西安，举行隆重的赠送仪式，然后直飞东邻岛国，使人想起那位出塞的汉家女王昭君。我在到达丘陵缓坡下的朱鹮救护基地时，有一位日本人刚刚离开。确凿无误的消息说，1998年东渡日本的“友友”和“洋洋”已经成功地哺养了第一只小朱鹮，作为日本国鸟的朱鹮有了后代，据说又轰动了日本。

我在电视上看到过有关朱鹮的专题片，一袭嫩白，柔若无骨，在稻田里踯躅是优雅的，起飞的动作是优雅的，掠过一畦畦稻田和一座座小丘飞行在天空是优雅的，重新落在田埂或树枝上的动作也是一份优雅。这个鸟儿生就的仙风神韵，入得人眼就是一股清丽，拂人心肺。头顶一抹丹红，长长的紫黑的喙的尖头竟然是红色，两条细长的腿红色惹眼，白色的翅膀的内里也是红色的，像是白面红里的被子，通体嫩白中点缀着这几点丹朱，凭想象尽可以勾勒它的美妙了。

凭着积久的印象和愿望，在即将见到朱鹮的真身时，就有了某种拜谒至仙的感觉。我在朱鹮救护基地看见的朱鹮是笼养的，未免遗憾，它们无法飞翔起来，只能在人工搭设的木架上栖息，在笼子圈定的沙地上蹒跚，在人和鸟共同筑成的巢窝产卵孵卵。四月正是朱鹮的繁殖期，不能惊扰。据说受了惊扰的雌鸟激素会受影响，减少产卵数量，我就甘愿远远地站着。

另外的遗憾还是因为时月。处于繁育期的朱鹮，羽毛竟然神奇地变换了，变幻出一身的灰色，据专家说这是鸟儿为了保护自己以迷惑天敌的生理性转换。白色的羽毛已经变成灰色，从头到尾，那灰色也有深和浅的不同层次，深灰浅灰和灰白色，像是野战将士的迷彩服。这种羽毛在季节中的变化，最初连专业人员也发生过错觉，以为在山野里又发现了朱鹮的“新新人类”，后来才知闹了笑话，仍然是朱鹮，灰色的朱鹮是白色的朱鹮适应生存发展的一种色变。

灰色的朱鹮头顶上耀眼的丹红暗淡了，长喙尖头的红色也变成铁红了，长腿的红色也收敛了艳丽，只有翅膀内里的红色还依旧鲜亮。为了繁育后代，为了繁育期卧巢和不能远行的安全，这鸟儿一身素装，把天生丽质隐蔽起来，像最爱美的少妇在月子里的不修边幅和甘愿的邋遢。对我来说，遗憾虽然有，毕竟见到了真实的朱鹮，优雅依旧，神韵依然，囚在笼子里的栖卧和蹒跚，依然不失其仙风神韵的优雅。

为了防止最丑恶的蛇和老鼠偷食鸟蛋和幼鸟，偌大的笼子用罕见的细密的钢丝织成围就。我无法想象蛇和鼠对朱鹮生存的威胁和残害的惨景，然而自然界从来就是这样混生着。专家还告诉我，养在笼子里的朱鹮，最初是从野外抢救回来的“老弱病残”，经人工科学养护脱离危险，它们就不习惯笼子里的囚守般的限制往外扑逃，常常撞到丝网上而伤翅破头，感染溃烂致死。于是就在网内再设一层软网，有效地解决了这个棘手的问题。正是这一道软网，使日本人感到自己脑袋还有不开窍的那一面，能造出世界上最好的汽车和电器，却想不到这一张软网，致使饲养的朱鹮屡屡发生撞伤以至死亡的惨事。

我还是想看到纯如白雪公主的朱鹮，还是渴望观赏朱鹮在稻田和缓坡地带飞翔在蓝天白云下的仙风神韵。需等到秋天或冬天，朱鹮的幼鸟也能翱翔于天空时，哺育和监护后代的使命宣告完成，它们就逐渐变换出嫩白的羽毛和几点惹眼的丹红，人们就可以看到掠过水田和绿树的仙姿神韵了。

留下遗憾，也留下依恋和向往，待秋后满山红叶时，再到洋县朱鹮聚居的山野来，再做礼拜。

遇合燕子，还有麻雀

燕子来了。

刚一打开门，燕子就飞过来，唧唧唧唧吵叫着，在过庭的四周旋飞，自然是寻找可以筑巢的地方。有时候多到十余只，在前屋后屋的过庭和屋檐下旋转。整个屋院里，呈现熙熙攘攘热热闹闹的气氛。无论在南方或在北方，燕子都被平民视为吉祥的美和善的形象，也是春天的象征。尽管寒风依旧刺脸，尽管冰雪封冻枯草遍地，心里却已洋溢着春天的气息了。燕子都来了啊！

拒绝燕子，我便闭了前门，也关了后门，不许燕子到屋内筑巢。我十分喜欢这种洋溢着吉祥、洋溢着善良的鸟儿，却又不得不硬着心肠拒绝它们进屋，确是无奈的事。

20世纪80年代某一年，小燕子在我刚刚建成的前屋里寻觅栖息之地，最后选定了装着电灯开关的那个圆形木盒子，据此便衔泥筑窝。我和妻子和孩子都怀着一份欣喜，在新屋里添一对喜气洋洋的燕子，于心理上似乎平添了一份令人舒悦的吉祥气氛，都十分珍爱十分欢迎这一对客鸟。很短几天，小燕的窝巢极快地长高着，令我惊讶，曾戏谑简直是深圳速度啊！（那时候，深圳建筑业挣脱了中国建筑行当习以为常的慢腾腾，以几天建一层楼房的高速度震惊了中国，被誉为深圳速度，也成为中国经济改革的一个形象化的代名词。）我同时也发现了不妙：燕子用泥筑成大半的窝上，夹杂着一枝枝细长的草枝草叶，悬吊在空中，看上去乱糟糟脏兮兮的。印象中燕子是用纯粹的河泥造窝的，怎么会夹杂这么多草枝？问及村人，老者说，燕子有两种：一为瑚燕，用纯粹的河泥筑窝；一为草燕，用杂合着草枝草叶的河泥造窝。我才大开眼界，知道燕子中也有精致和粗糙的类别。

在我新屋里筑巢的这一对燕子，无疑是属于粗糙类的草燕一种了。但终归是燕子，粗糙就粗糙一点吧，我自己其实也不属于精致雅细之人，粗糙的人和粗糙的燕子正好合拍，正好可以为邻为伍，谁也不必嫌烦谁。到得这一对燕子夫妇开始轮换卧巢孵卵的时候，我又发现了不妙。墙上开始出现黑一道黄一道的排泄物。留心观察发现，卧巢孵蛋的燕子后急了，便把屁股撅出窝口，完了事又钻进窝去继续孵蛋，墙上就流下来一道儿秽物。我就觉得不能容忍，粗糙也不能粗糙到这种程度嘛！然而还是容忍了，主要是因为那窝里正在孵化的两枚蛋，说不定小燕就要破壳而出了呢。家人已多怨言，说没见过这样又懒又脏的燕子。怨归怨，嫌归嫌，只盼小燕尽早出窝离巢。

及至雏燕出壳，及至嫩雏逐渐长大羽丰，食量与日俱增，排泄量也同步增加，整个那一片墙壁，已经被燕粪涂抹得不堪入目，地上也落着脏物。每有客人来，迎面看见这幅景象，总是说把窝捣了，太不像样子了。我忍耐着那份惨不忍睹，承受着那份脏，直到发现雏燕已经出窝试飞，终于下了逐客令……因为实在无法辨别瑚燕和草燕儿，便闭了门，一律拒绝燕子进屋，有点因噎废食的简单。

拒绝燕子，另有一个更硬的原因。我一个人住在这个祖居老屋里，常有出门的时候，短则一日，长则十天半月，走了就得锁门，燕子苦心巴力筑巢育雏，都会前功尽弃，甚或虐杀幼雏。即使精致的瑚燕，也无法容留。然而心里确实期盼能有一对瑚燕为邻为友，每天唧唧啾啾呢喃着，添一分生气和祥和。

真是令人喜出望外的事。早春时节去南方十天，回到原下老家时，我的第一发现，就是有燕子择定了居地。在前屋的后檐下，在那个粗大的挑梁和后墙构成的三角地带，有一个正在建筑着的燕窝。我一眼就看出来，那窝纯粹是用细腻的河泥垒堆的，一根一丝杂草也不见，据此可以断定属于精致的瑚燕窝。它选择的地方也太好不过，无论我在家或出外，都不妨碍它筑窝和将来育雏。

又是深圳速度。两只燕子轮番衔着泥回来，把泥团搭在茬口上，歪着小脑袋左按一下，右按一下，然后就飞走了。我很奇怪，一团一团的河泥里掺着细沙，本是很松散的，比普通黄泥的黏合力差得远了，怎么会黏结得牢靠？似乎村人说过，燕子嘴里自含胶。是说燕子的口腔里分泌一种可以使泥团增强黏结力的液体。无法验证，不得而知，反正那窝与日俱增着，速度极快。我在暗自庆幸遇合了这一对精致的瑚燕的愉快心境里，看着专心致志忙忙碌碌筑巢的燕子，常常浮出幼年的一幅难忘的情景来。

大约是我刚刚入学启蒙，还没有认下几个字的时候。某天放早学回家，看见父亲在后屋明间的脚地上锯一块小小的薄板，比我的课本大不出多少。我便问，锯这板干什么。父亲说给燕子架一个垒窝的台板。他说有一双燕子在屋梁上飞来飞去，有两三天了，估计找不到可以落泥垒窝的台板。叔父在一边不经意地说，等你给燕儿把台板架好了，它又不来了。父亲自顾自做着，在刨光的木板的一面，用毛笔写下四个大字，并问我，你都算是学生了，认不认得这几个字。我丝毫也不觉得难堪，因为父亲其实也明白我不可能认识这四个笔画很繁杂的汉字。他有点洋洋得意地念道：喜燕来朝。他继续以洋洋得意的口吻给我讲说，燕子是吉祥鸟，也是喜鸟善鸟，在谁家垒窝是喜事。我便问“朝”是什么意思。父亲“嗯”了一声，朝嘛也不敢说朝拜，咱是穷家百姓……叔父已经走开了。他几乎是个文盲，大约不屑看取父亲咬文嚼字的做派。然而父亲随之端来木梯，先在檩木上砸进两枚生铁方钉，再把木板架上去，又用细绳捆扎牢靠。我在梯子旁边瞅着“喜燕来朝”那四个悬在空中的毛笔字，积着灰尘、结着隔年蛛网的老房旧梁，似乎顿然有了可期待的灵气了。母亲在催过我和父亲吃饭之后，随口说出几句关于燕子的歌谣：不吃你家米，不脏你家地，只借你家高房垒窝育儿女，也给你家添份喜……

我对燕子最初的认知和记忆，就是这天早晨留下的。父亲精心搭置的木板平台，真的招来了一对燕子。后来怎么垒窝、孵卵、育雏，年代久远，已不甚了了，只是清楚地记得，那对燕子不仅自己不在窝口拉屎，连它们孵出的雏燕的排泄物，也都转移到屋院以外的野地里去了。父亲说，燕子叼着虫回到窝喂小燕，出窝时就把小燕拉的屎叼走了，燕子这鸟比有些人还通灵性儿。这是事实，在写着“喜燕来朝”的木板上筑成的燕窝下面的脚地上，从来也没见过一次秽物，直到雏燕出窝。几十年后我才知晓，燕子中还有既脏地又脏墙令人生厌的草燕一类。据村人说，现在的燕子比过去多多了，村里好多人家都有燕子垒窝，十之八九都是粗糙的草燕，弄得屋里脏兮兮的，又不忍心赶出门去。瑚燕已经少得不成比例，愈显得珍贵，也愈难遇合了。我多庆幸啊！

看着最后一团湿泥干涸，再不见有新的湿漉漉的河泥垒加，我就明白燕子的这个建筑物大功告成了。这是怎样奇妙的一幢鸟类的伟大建筑啊：贴着墙的一面逐渐悬吊下去，形成一个小小的兜儿，然后又缓缓地朝前往上垒上去，最后收成一个仅仅只容得燕子出入的小口。我便可以推想，那个悬吊在最下部的兜儿，肯定是为产卵设计的，卵不至于乱滚，雏燕藏在这个兜底儿，恰如一个四面设围的摇篮，避免了瞎滚瞎爬而掉出来摔死的危险。这个燕窝是倚赖挑梁和墙壁平面屋檐的三角地带垒成的，根本没有用我父亲在屋梁上架设的木板作基础，也没有十余年前那对草燕在前屋电灯开关的木盒上垒窝的依托，难度就很大了。这是一个完全悬空的建筑。这是燕群里的一对建筑大师出神入化的杰作，令我叹为观止。可以断定，这是它们的父母无法教给它们的方法和技巧，也是无法从它们的同类那儿模仿的，因为根本不存在完全相同的垒窝筑巢的环境，一切都得依据具体环境提供的可能性，去构思去设计去施工。由此可以推想每一对燕子的每一次筑巢，都是一次重新开始的全新的创造，无法仿效同类，也无法重复自己。

我察觉新垒的燕窝呈现出一种静谧，只有一只燕子在屋院里偶尔掠过，估计这是那只公燕儿，母燕静卧新巢产卵了。我无意间也就放轻了脚步，出入后门走过头顶的那个神秘的燕窝时，自然生出一缕拘谨，生怕惊扰了它。想到再过一些时日，那神秘的窝巢里将会传出雏燕争食的声音，该是多么美妙哦！

外出一周回到原下，打开已经积尘的铁锁，首先想看一看前屋后檐下的燕窝，似乎没有任何动静。我便想到，可能正在产卵或孵卵哩，不到饿极，燕子是不会出窝的。几天过去了，我竟然没有发现燕子一次出入其巢，便有些疑惑，担心也就潜生了。后来就站在较远处的后屋前门口耐心等候，许久仍不见燕子出入的踪迹，倒是有两只甚至多只燕子出入前屋和后屋的大门，或在屋院上空旋飞，却不见进出窝口，这是怎么回事呢？又过了许多天，我终于断定，这个燕窝已是一个空巢，心里竟冷寂起来，猜想这对精心设计苦力构建了窝巢的燕子，不可能另择栖地重筑新巢，也不可能是被孩子虐杀，因为即使最捣蛋的孩子，也不会捉燕子的。我唯一能想到的是农药的绝杀。然而这个时节的乡村里，麦子已经接近成熟，早熟的水果都是不再施洒农药的。然而也不敢肯定，说不定什么人在菜园里喷了药汁……无论这种猜测的可靠性几何，结果却是不可改变的残酷，燕子确凿没有了，难得遇合的不脏我家地的瑚燕儿。

我的心里渐渐平复，在后屋里继续我写字或看书的事。某日中午，我撂下钢笔点燃一支卷烟，透过窗户玻璃无意朝前看去，看到一只麻雀从前屋后檐下飞出来，心里一惊，用水泥板构建的前屋后檐，没有任何鸟雀可以落脚的东西，这麻雀是不是从燕窝里飞出来的？我便走出后屋前门，站在台阶上想看个究竟。待了许久，再也看不到麻雀进出燕窝的奇迹发生，便想到刚才可能恰恰看见了一只从屋檐下掠过的麻雀，怪我多疑了，便又重新拾起钢笔。

当我再次点烟的时候，无意间又看见了从前屋后檐下飞出一只麻雀。这回我没有走出门去，就隐蔽在原位上隔着窗玻璃偷窥，果然，一只麻雀从屋檐上空折转下来，钻进那个燕窝里去了。我几乎脱口而出，雀占燕巢，千古奇观。随之就放声大笑了，笑得我都岔住气了。我读书读到有趣处时哑然失笑，是常有的事，有时候一个人走路想着某些滑稽可笑的事或人，也会暗自发笑。然而像这样的忍俊不禁的大笑，而且是我一个人独居着的偌大空寂的屋院，却是绝无仅有的事。真是不可思议！好你个麻雀兔崽子！任谁都知道鸠占鹊巢的故事，然而恐怕没有谁如我有幸亲眼目击雀占燕巢的滑稽了。那么精美的燕窝里，现在飞出来又钻进去的，竟然是土头灰脑的麻雀。乡村人惊奇这类不可思议的怪事时常说，奇哉怪哉，楸树上结串蒜薹。现在恰好可以套用乡村人的这个句式，奇哉怪哉，燕窝里飞出麻雀。我突然想到那位诡秘奇思的天才作家蒲松龄，编尽了天下妖魔鬼怪的奇事轶闻，怕是也想不到麻雀竟会占据燕巢。我听说过蛇和老鼠钻进燕窝偷食燕蛋的事，并不为奇，只觉得残忍。然而麻雀怎么可能欺侮燕子呢？

在鸟儿的王国里，有益鸟和害鸟之分，这是人类按鸟的习性对自身的利害而做出的划界。如果就鸟儿王国本身而言，有食肉类和以草虫为食物的区分。食肉一类的鸟如鹰、鸠、雕、鹞等，以捕杀各种鸟儿和小型动物营养自己，甚至凶残暴戾到敢于攻击人类，它们是鸟类王国里的侵略者。以各种植物的叶子和果实或小虫为食物的鸟儿，是鸟类王国里的“各民族人民大众”，在广阔的大地上寻觅自己喜好的嫩叶、种子和虫子，互不干扰互不威胁和平共处。鸠占鹊巢就是鸟类王国里恶对善的欺凌。鸠是嗜血成性的凶鸟，而鹊是被人作为报喜禳灾的喜鸟而钟爱的。我却突发奇想，鸠残忍地捕杀喜鹊一类善鸟可能是时时发生的事，而鸠霸占喜鹊窝巢的事恐怕谁也没有目睹过。我见过无数的喜鹊窝巢，是鸟类中最不讲究最潦草的一种，用比较粗硬的树枝杂乱无章地搭压在一起，疏漏如同罗眼。这样的窝，鸠怕是看不到眼里的。鸠占鹊巢无非是寓示恶对善的欺凌，强武对弱势的霸道，没有谁去考察鸠是否真的霸占过鹊的窝巢。

麻雀却霸占了燕子的窝巢，我已先睹为快。

麻雀在鸟类王国里，无疑属于弱势一族中的弱势，那么小的体形，对任何鸟儿都不会构成威胁。小孩子们的弹弓首先瞄准的还是麻雀。这个被凶鸟欺压也被人类轻贱着的小小麻雀，却可以欺侮燕子。而燕子在人的眼里和心里，自古都是颇为高贵的可以享受“喜燕来朝”架板的贵宾。如果用人类拳击的规则来度量，麻雀和燕子属于同一个量级，大约都不过0.1公斤的体重吧。然而麻雀却可以以武力霸占燕巢，怕是燕子生性太善也太娇弱了……我这样推测。

我把这个类似“楸树上结串蒜薹”的奇事讲给村里人，听者哈哈一笑便解谜了。村人说，麻雀根本不会和燕子动武。麻雀只要往燕子窝里钻一回，燕子就自动给麻雀把窝腾出来了。为啥？麻雀身上的臊气儿把燕子给熏跑了。燕子太讲究卫生了，闻不得麻雀的臊气。

哦！这又是我料想不到的学问，一个令我惊心的学问。

鸠以武力霸占鹊巢，如同人类历史中大大小小的臭名于世的侵略者，人们恐惧他们的暴力，却不奇怪他们曾经的出现和存在。然而麻雀呢？虽不具备如鸠一样的强力和嗜血成性的残暴，却可以用自身的腥臊气味把太过干净的燕子恶心一番，逼其自动出逃，达到如鸠一样霸占其巢的目的，而且不留鸠的恶。由此类推到自然界，如若蛆虫爬进了蚕箔，蚕肯定会窒息而死，其实蛆对蚕是不具备攻击力的。如若把一株臭蒿子栽到兰花盆里，后果将不言而喻。再推及到人类社会生活中的臭与香、丑与美、恶俗与高雅、鸨婆与林黛玉、泼皮无赖和谦谦君子，其实是不必交手结局就分明了。

这倒成为我开心的一大景观。我站在台阶上抽烟，或坐在庭院里喝茶，抬头就能看见出出进进燕窝的麻雀的得意和滑稽，总忍不住想笑。起初，麻雀发现我站着或坐在院里，还在屋檐上或墙头上窥视，尚不敢放心大胆地进入燕窝，一旦我转身进屋，哧溜一声就钻进去了，还有点不好意思的心虚，显现出贼头贼脑的样子。时间一久，大约断定我其实并不介入它占燕巢的劣行，就变得无所顾忌的大胆了，无论我在屋里或檐下，它都自由出入于燕窝。我也就对麻雀吟诵：放心地在燕窝里孵蛋，再哺育小麻雀吧！毕竟也是一种鸟。

三 在河之洲的诗与日子

在黄河滩的洽川，
芦苇在蓬勃着，
温泉在涌着冒着，
现代淑女和现代君子，
在这一方芳草地上，
演绎着风流。

原下的日子

一

新世纪到来的第一个农历春节过后，我买了二十多袋无烟煤和吃食，回到乡村祖居的老屋。我站在门口对着送我回来的妻女挥手告别，看着汽车转过沟口那座塌檐倾壁残颓不堪的关帝庙，折回身走进大门进入刚刚清扫过隔年落叶的小院，心里竟然有点酸酸的感觉。已经摸上六十岁的人了，何苦又回到这个空寂了近十年的老窝里来。

从窗框伸出的铁皮烟筒悠悠地冒出一缕缕淡灰的煤烟，火炉正在烘除屋子里整个一个冬天积攒的寒气。我从前院穿过前屋过堂走到小院，南窗前的丁香和东西围墙根下的三株枣树苗子，枝头尚不见任何动静，倒是三五丛月季的枝梢上暴出小小的紫红的芽苞，显然是春天的讯息。然而整个小院里太过沉寂太过阴冷的气氛，还是让我很难转换出回归乡土的欢愉来。

我站在院子里，抽我的雪茄。东邻的屋院差不多成了一个荒园，兄弟两个都选了新宅基建了新房搬出许多年了。西邻曾经是这个村子有名的八家院，拥挤如同鸡笼，先后也都搬迁到村子里新辟的宅基地上安居了。我的这个屋院，曾经是父亲和两位堂弟三分天下的“三国”，最鼎盛的年月，有祖孙三代十六人进进出出在七八个或宽或窄的门洞里。我在尚属朦胧混沌的生命区段里，看着村人把装着奶奶和被叫作厦屋爷的黑色棺材先后抬出这个屋院，再在街门外用粗大的抬杠捆绑起来，在儿孙们此起彼伏的哭嚎声浪里抬出村子，抬上原坡，沉入刚刚挖好的墓坑。我后来也沿袭这种大致相同的仪程，亲手操办我的父亲和母亲从屋院到墓地这个最后驿站的归结过程。许多年来，无论有怎样紧要的事项，我都没有缺席由堂弟们操办的两位叔父一位婶娘最终走出屋院走出村子走进原坡某个角落里的墓坑的过程。现在，我的兄弟姊妹和堂弟堂妹及我的儿女，相继走出这个屋院，或在天之一方，或在村子的另一个角落，以各自的方式过着自己的日子。眼下的景象是，这个给我留下拥挤也留下热闹印象的祖居的小院，只有我一个人站在院子里。原坡上漫下来寒冷的风。从未有过的空旷。从未有过的空落。从未有过的空洞。

我的脚下是祖宗们反复踩踏过的土地。我现在又站在这方小小的留着许多代人脚印的小院里。我不会问自己也不会向谁解释为了什么又为了什么重新回来，因为这已经是行为之前的决计了。丰富的汉语言文字里有一个词儿叫龌龊。我在一段时日里充分地体味到这个词儿的不尽的内蕴。

我听见架在火炉上的水壶发出“噗噗噗”的响声。我沏下一杯上好的陕南绿茶。我坐在曾经坐过近20年的那把藤条已经变灰的藤椅上，抿一口清香的茶水，瞅着火炉炉膛里炽红的炭块，耳际似乎萦绕着见过面乃至根本未见过面的老祖宗们的声音，嗨！你早该回来了。

第二天微明，我搞不清是被鸟叫声惊醒的，还是醒来后听到了一种鸟的叫声。我的第一反应是斑鸠。这肯定是鸟类庞大的族群里最单调最平实的叫声，却也是我生命磁带上最敏感的叫声。我慌忙披衣坐起，隔着窗玻璃望去，后屋屋脊上有两只灰褐色的斑鸠。在清晨凛冽的寒风里，一只斑鸠围着另一只斑鸠团团转悠，一点头，一翘尾，发出连续的“咕咕咕……咕咕咕”的叫声。哦！催发生命运动的春的旋律，在严寒依然裹盖着的斑鸠的躁动中传达出来了。

我竟然泪眼模糊。

二

傍晚时分，我走上灞河长堤。堤上是经过雨雪浸淫沤泡变成黑色的枯蒿枯草。沉落到西原坡顶的蛋黄似的太阳绵软无力。对岸成片的白杨树林，在蒙蒙灰雾里依然不失其肃然和庄重。河水清澈到令人忍不住又不忍心用手撩拨。一只雪白的鹭鸶，从下游悠悠然飘落在我眼前的浅水边。

我无意间发现，斜对岸的那片沙地上，有个男子挑着两只装满石头的铁丝笼走出一个偌大的沙坑，把笼里的石头倒在石头垛子上，又挑起空笼走回那个低陷的沙坑。那儿用三脚架撑着一张钢丝箩筛。

他把刨下的沙石一锨一锨抛向箩筛，发出连续不断千篇一律的声响，石头和沙子就在箩筛两边分流了。

我久久地站在河堤上，看着那个男子走出沙坑又返回沙坑。这儿距离西安不足三十公里。都市里的霓虹此刻该当缤纷。各种休闲娱乐的场合开始进入兴奋期。暮霭渐渐四合的沙滩上，那个男子还在沙坑与石头垛子之间往返。这个男子以这样的姿态存在于世界的这个角落。

我突发联想，印成一格一框的稿纸如同那张箩筛。他在他的箩筛上筛出的是一粒一粒石子。我在我的“箩筛”上筛出的是一个一个方块汉字。现行的稿酬标准无论高了低了贵了贱了，肯定是那位农民男子的石子无法比对的。我自觉尚未无聊到滥生矫情，不过是较为透彻地意识到构成社会总体坐标的这一极。这一极与另外一极的粗细强弱的差异。

这是新世纪的第一个早春。这是我回到原下祖屋的第二天傍晚。这是我的家乡那条曾为无数诗家墨客提供柳枝，却总也寄托不尽情思离愁的灞河河滩。此刻，三十公里外的西安城里的霓虹灯，与灞河两岸或大或小村庄里隐现的窗户亮光；豪华或普通轿车壅塞的街道，与田间小道上悠悠移动的架子车；出入大饭店小酒吧的俊男靓女打蜡的头发涂红（或紫）的嘴唇，与拽着牛羊缰绳背着柴火的乡村男女；全自动或半自动化的生产流水线，与那个在沙坑在箩筛前挑战贫穷的男子……构成当代社会的大坐标。

我知道我不会再回到挖沙筛石这一极中去，却在这个坐标中找到了心理平衡的支点，也无法从这一极上移开眼睛。

三

村庄背靠白鹿原北坡。遍布原坡的大大小小的沟梁奇形怪状。在一条阴沟里该是最后一坨尚未化释的残雪下，有三两株露头的绿色，淡淡的绿，嫩嫩的黄，那是茵陈，长高了就是蒿草，或卑称臭蒿子。嫩黄淡绿的茵陈，不在乎那坨既残又脏经年未化的雪，宣示了春天的气象。

桃花开了，原坡上和河川里，这儿那儿浮起一片一片粉红的似乎流动的云。杏花接着开了，那儿这儿又变幻出似走似住的粉白的云。泡桐花开了，无论大村小庄都被骤然暴出的紫红的花帐笼罩起来了。洋槐花开的时候，首先闻到的是一种令人总也忍不住深呼吸的香味，然后惊异庄前屋后和坡坎上已经敷了一层白雪似的脂粉。小麦扬花时节，原坡和河川铺天盖地的青葱葱的麦子，把来自土地最诱人的香味，释放到整个乡村的田野和村庄，灌进庄稼院的围墙和窗户。椿树的花儿在庞大的树冠和浓密的枝叶里，只能看到绣成一团一串的粉黄，毫不起眼，几乎没有任何观赏价值，然而香味却令人久久难以忘怀。中国槐大约是乡村树族中最晚开花的一家，时令已进入伏天，燥热难耐的热浪里，闻一缕中国槐花的香气，顿然会使焦躁的心绪沉静下来。从农历二月二龙抬头迎春花开伊始，直到大雪漫地，村庄、原坡和河川里的花儿便接连开放，各种奇异的香味便一波迭过一波。且不说那些红的黄的白的紫的各色野草和野花，以及秋来整个原坡都覆盖着的金黄灿亮的野菊。

五月是最好的时月，这当然是指景致。整个河川和原坡都被麦子的深绿装扮起来，几乎看不到巴掌大一块裸露的土地。一夜之间，那令人沉迷的绿野变成满眼金黄，如同一只魔掌在翻手之瞬间创造出来神奇。一年里最红火最繁忙的麦收开始了，把从去年秋末以来的缓慢悠闲的乡村节奏骤然改变了。红苕是秋收的最后一料庄稼，通常是待头一场浓霜降至，苕叶变黑之后才开挖。湿漉漉的新鲜泥土的垄畦里，排列着一行行刚刚出土的红艳艳的红苕，常常使我的心发生悸动。被文人们称为弱柳的叶子，居然在这河川里最后卸下盛装，居然是最耐得霜冷的树。柳叶由绿变青，由青渐变浅黄，直到几番浓霜击打，通身变成灿灿金黄，张扬在河堤上河湾里，或一片或一株，令人钦佩生命的顽强和生命的尊严。小雪从灰蒙蒙的天空飘下来时，我在乡间感觉不到严冬的来临，却体味到一缕圣洁的温柔，本能地仰起脸来，让雪片在脸颊上在鼻梁上在眼窝里飘落、融化，周围是雾霭迷茫的素净的田野。直到某一日大雪降至，原坡和河川都变成一抹银白的时候，我抑止不住某种神秘的诱惑，在黎明的浅淡光色里走出门去，在连一只兽蹄鸟爪的痕迹也难觅踪的雪野里，踏出一行脚印，听脚下的雪发出“铮铮铮”的脆响。

我常常在上述这些情景里，由衷地咏叹，我原下的乡村。

四

漫长的夏天。

夜幕迟迟降下来。我在小院里支开躺椅，一杯茶或一瓶啤酒，自然不可或缺一支烟。夜里依然有不泯的天光，也许是繁密的星星散发的。白鹿原刀裁一样的平顶的轮廓，恰如一张简洁到只有深墨和淡墨的木刻画。我索性关掉屋子里所有的电灯，感受天光和地脉的亲和，偶尔可以看到一缕鬼火飘飘忽忽掠过。

有细月或圆月的夜晚，那景象就迷人了。我坐在躺椅上，看圆圆的月亮浮到东原头上，然后渐渐升高，平静地一步一步向我面前移来，幻如一个轻摇莲步的仙女，再一步一步向原坡的西部挪步，直到消失在西边的屋脊背后。

某个晚上，瞅着月色下迷迷蒙蒙的原坡，我却替两千年前的刘邦操起闲心来。他从鸿门宴上脱身以后，是抄哪条捷径便道逃回我眼前这个原上的营垒的？“沛公军灞上”，灞上即指灞陵原。汉文帝就葬在白鹿原北坡坡畔，距我的村子不过十六七里路。文帝陵史称灞陵，分明是依着灞水而命名。这个地处长安东郊自周代就以白鹿得名的原，渐渐被“灞陵原”“灞陵”“灞上”取代了。刘邦驻军在这个原上，遥遥相对灞水北岸骊山脚下的鸿门，我的祖居的小村庄恰在当间。也许从那个千钧一发命悬一线的宴会逃跑出来，在风高月黑的那个恐怖之夜，刘邦慌不择路翻过骊山涉过灞河，从我的村头某家的猪圈旁爬上原坡直到原顶，才嘘出一口气来。无论这逃跑如何狼狈，并不影响他后来打造汉家天下。

大唐诗人王昌龄，原为西安城里人，出道前隐居白鹿原上滋阳村，亦称芷阳村。下原到灞河钓鱼，提镰在菜畦里割韭菜，与来访的文朋诗友饮酒赋诗，多以此原和原下的灞水为叙事抒情的背景。我曾查阅资料企图求证滋阳村村址，毫无踪影。

我在读到一本《历代诗人咏灞桥》的诗集时，大为惊讶，除了人皆共知的“年年柳色，灞陵伤别”所指的灞桥，灞河这条水，白鹿（或灞陵）这道原，竟有数以百计的诗圣诗王诗魁都留了绝唱和独唱。

宠辱忧欢不到情，
任他朝市自营营。
独寻秋景城东去，
白鹿原头信马行。

这是白居易的一首七绝，是诸多以此原和原下的灞水为题的诗作中的一首，是最坦率的一首，也是最通俗易记的一首。一目了然可知白诗人在长安官场被蝇营狗苟的龌龊惹烦了，闹得腻了，倒胃口了，想呕吐了，却终于说不出口呕不出喉，或许是不屑于说或吐，干脆骑马到白鹿原头逛去。

还有什么龌龊能淹没脏污这个以白鹿命名的原呢？断定不会有。

我在这原下的祖屋生活了两年。自己烧水沏茶。把夫人在城里擀好切碎的面条煮熟。夏日一把躺椅冬天一抱火炉。傍晚到灞河沙滩或原坡草地去散步。一觉睡到自来醒。当然，每有一个短篇小说或一篇散文写成，那种愉悦，相信比白居易纵马原上的心境差不了多少。正是原下这两年的日子，是近八年以来写作字数最多的年份，且不说优劣。

我愈加固执一点，在原下进入写作，便进入我生命运动的最佳气场。

我的秦腔记忆

在我最久远的童年记忆里顶快活的事，当数跟着父亲到原上原下的村庄去看戏。

父亲是个戏迷，自年轻时就和村子里几个戏迷搭帮结伙去看戏，直到年过七旬仍然乐此不疲。我童年跟着父亲所看的戏，都是乡村那些具有演唱天赋的农民演出的戏。开阔平坦的白鹿原上和原下的灞河川道里，只有那些物力雄厚而且人才济济的大村庄，不仅能凑足演戏的不小开销，还能凑齐生、旦、净、末、丑的各种角色。我们这个不足40户人家的村子，演戏是连想也不敢想的事，我和父亲就只有到原上和原下的那些大村庄去看戏了。

不单在白鹿原，整个关中和渭北高原，乡村演戏集中在一年里的两个时段，是农历的正月二月和伏天的六月七月。正月初五过后直到清明，庆祝新年佳节和筹备农事为主题的各种庙会，隔三岔五都有演出，二月二是传统习惯里的龙抬头日，形成演出高潮，原上某个村子演戏的乐声刚刚偃息，原下灞河边一个村子演戏的锣鼓梆子又敲响了，常常发生这个村和那个村同时演出的对台戏。再是每年夏收夏播结束之后相对空闲的一个多月里，原上原下的大村小寨都要过一个各自约定的“忙罢会”。顾名思义，就是累得人脱皮掉肉的收麦种秋的活儿忙完了，该当歇息松弛一下，约定一个吉祥日子，亲朋好友聚会一番，庆祝一年的好收成。这个时节演戏的热闹，甚至比新年正月还红火，尤其是风调雨顺小麦丰收家家仓满囤溢的年份。

我已记不得从几岁开始跟父亲去看戏，却可以断定是上学以前的事。我记着一个细节，在人头攒动的戏台下，父亲把我架在他的肩上，还从这个肩头换到那个肩头，让我看那些我弄不清人物关系也听不懂唱词的古装戏。可以断定不过五六岁或六七岁，再大他就扛不起来了。我坐在父亲的肩头，在自己都感觉腰腿很不自在的时候，就蹓下来，到场外去逛一圈。及至上学念书的寒暑假里，我仍然跟着父亲去看戏，不过不好意思坐父亲的肩膀了。

同样记不得跟父亲在原上原下看过多少场戏了，却可以断定我那时候还不知道自己看的戏种叫秦腔。知道秦腔这个剧种称谓，应该在20世纪50年代中期离开家乡进西安城念中学以后，我13岁。看了那么多戏，却不知道自己所看的戏是秦腔，似乎于情于理说不通。其实很正常，包括父亲在内的家乡人只说看戏，没有谁会标出剧种秦腔。原上原下固定建筑的戏楼和临时搭建的戏台，只演秦腔，没有秦腔之外的任何一个剧种能登台亮彩，看戏就是看秦腔，戏只有一种秦腔，自然也就不需要累赘地标明剧种了。这种地域性的集体无意识就留给我一个空白，在不知晓秦腔剧种的时候，已经接受秦腔独有旋律的熏陶了，而且注定终生都难能取代此种顽固心理。

在瓦沟里的残雪尚未融尽的古戏楼前，拥集着几乎一律黑色棉袄棉裤的老年壮年和青年男人，还有如我一样不知子丑寅卯的男孩，也是穿过一个冬天开缝露絮的黑色棉袄棉裤，旱烟的气味弥漫不散；伏天的“忙罢会”的戏台前，一片或新或旧的草帽遮挡着灼人的阳光，却遮不住一幢幢淌着汗的紫黑色裸膀，汗腥味儿和旱烟味弥漫到村巷里。我在这里接受音乐的熏陶，是震天轰响的大铜锣和酥脆的小铜锣截然迥异的响声，是间接许久才响一声的沉闷的鼓声，更有作为乐团指挥角色的扁鼓密不透风干散利爽的敲击声，板胡是秦腔音乐独有的个性化乐器，二胡永远都是作为板胡的柔软性配乐，恰如夫妻。我起初似乎对这些敲击类和弦索类的乐器的音响没有感觉，跟着父亲看戏不过是逛热闹。记不得是哪一年哪一岁，我跟父亲走到白鹿原顶，听到远处树丛笼罩着的那个村子传来大铜锣和小铜锣的声音，还有板胡和梆子以及扁鼓相间相错的声响，竟然一阵心跳，脚步不自觉地加快了，一种渴盼锣鼓梆子扁鼓板胡二胡交织的旋律冲击的欲望潮起了。自然还有唱腔，花脸和黑脸那种能传到二里外的吼唱（无麦克风设备），曾经震得我捂住耳朵，这时也有接受的颇为急切的需要了；白须老生的苍凉和黑须须生的激昂悲壮，在我太浅的阅世情感上铭刻下音符；小生和花旦的洋溢着阳光和花香的唱腔，是我最容易发生共鸣的妙音；还有丑角里的丑汉和丑婆婆，把关中话里最逗人的语言做最恰当的表述，从出台到退场都被满场子的哄笑迎来送走……我后来才意识到，大约就从那一回的那一刻起，秦腔旋律在我并不特殊敏感的乐感神经里，铸成终生难以改易更难替代的戏曲欣赏倾向。

我记不得看过多少回秦腔戏了。有几次看戏的经历竟终生难忘。上学到初中三年级，学校在西安东郊的纺织工业重镇边上，住宿的宿舍在工人住宅区内。晚自习上完，我和同伴回宿舍的路上，听到锣鼓梆子响，隐隐传来男女对唱，循声找到一个露天剧场，是西安一家专业剧团为工人演出，而且有一位在关中几乎家喻户晓的须生名角。戏已演过大半，门卫已经不查票了，我和同学三四个人就走进去，直到曲终人散。无论从哪方面说，都比乡村戏台上那些农民的演出好得远了，我竟兴奋得好久睡不着觉。第二天早上走进学校大门，教导主任和值勤教师站在当面，把我叫住，指令站在旁边。那儿已经站着两个人，我一看就明白了，都是昨晚和我看戏的同伴——有人给学校打小报告了。教导主任是以严厉而著名的。他黑煞着脸，狠声冷气地训斥我和看戏的同伙。这是我学生生涯中唯一的处罚……

20多年后的1980年，我被任命为区文化局副局长的同时，新任局长就是训斥并罚我站的教导主任。我和他握手的那一刻，真是感慨“人生何处不相逢”灵验了。从和他握手直到我离开这个单位，始终都不曾提及此事。他肯定不记得这件事了，他训斥过可能就置诸脑后了，又忙着训导另一位违纪的学生去了。不过，这个时候的他，已经半老，依然严厉的脸上总是洋溢着微笑，大笑的时候很爽朗。一张棱角严厉的脸无论畅怀大笑还是微笑，尤其生动感人，甚为可爱。

还有一次难泯的记忆。西安城里那些专业秦腔剧团大约还在观望揣摸文艺政策能放宽到何种程度的时候，关中那些县管的也属专业的秦腔剧团破门一拥而出了，几乎是一种潮涌之势。他们先在本县演出，又到西安城里城外的工厂演出，几乎全是被禁演多年的古装戏。西安郊区的农民赶到周边县城或工厂去看戏，骑自行车看戏的人到傍晚时拥满了道路。我陪着妻子赶过20里外的戏场子。我的父亲和村里那几个老戏友又搭帮结伙去看戏了。到处都能听到这样一句痛快的观感："这才是戏！"这种痛快的感慨发自一个地域性群体的心怀。以前禁绝所有传统剧目，关中的专业剧团和乡村的业余演出班子，把京剧改编移植成秦腔演出，我看过，却总觉得不过瘾，多了点什么又缺失了点什么。

到20世纪80年代中期，我的经济状况初得改善，便买了电视机，不料竟收不到任何节目，行家说我居住的原坡根下的位置，正好是电视讯号传递的阴影区域。我不甘心把电视机当收音机用，又破费买了放像机，买回来一厚摞秦腔名家演出的录像带，不仅我把包括已经谢世的老艺术家的拿手好戏看了个够，我的村子里的老少乡党也都过足了戏瘾，常常要把电视机搬到院子里，才能满足越拥越多的乡党。我后来又买了录音机和秦腔名角经典唱段的磁带，这不仅更方便，重要的是那些经典唱段百听不厌。大约在我写作《白鹿原》的4年间，写得累了需要歇缓一会儿，我便端着茶杯坐到小院里，打开录音机听一段两段，从头到脚、从外到内都是一种无以言说的舒悦。久而久之，连我家东隔壁小卖部的掌柜老太婆都听上了戏瘾，某一天该当放录音机的时候，也许我一时写得兴起忘了时间，老太太隔墙大呼小叫我的名字，问我："今日咋还不放戏？"我便收住笔，赶紧打开录音机。老太太哈哈笑着说她的耳朵每天到这个时候就痒痒了，非听戏不行了……在诸多评说包括批评《白鹿原》的文章里，不止一位评家说到《白鹿原》的语言，似可感受到一缕秦腔弦音。如果这话不是调侃，是真实感受，却是我听秦腔之时完全没有预料得到的潜效能。

我看过、听过不少秦腔名家的演出剧目和唱段，却算不得铁杆戏迷。不说那些追着秦腔名角倾心倾情胜过待爹娘老子的戏迷，即使像父亲入迷的那样程度，我也自觉不及。我比父亲活得好多了，有机会看那些名家的演出，那些蜚声省内外的老名家和跃上秦腔舞台的耀眼新星，我都有机缘欣赏过他们的独禀的风采。然而，在我久居的日渐繁荣的城市里，有时在梦境，有时在一个人独处的时候，眼前会幻化出旧时储存的一幅幅图景，在刚刚割罢麦子的麦茬地里，一个光着膀子握着鞭子扶着犁把儿吆牛翻耕土地的关中汉子，尽着嗓门吼着秦腔，那声响融进刚刚翻耕过的湿土，也融进正待翻耕的被太阳晒得亮闪闪的麦茬子，融进田边沿坡坎上荆棘杂草丛中，也融进已搭着原顶的太阳的霞光里。还有一幅幻象，一个坐在车辕上赶着骡马往城里送菜的车把式，旁若无人地唱着戏，嗓门一会儿高了，一会儿低了，甚至拉起很难掌握的"彩腔"，在乡村大道上朝城市一路唱过去……

秦人创造了自己的腔儿。

这腔儿无疑最适合秦人的襟怀展示。

黄土在，秦人在，这腔儿便不会息声。

我们村的关老爷

我在尚不知晓关羽或关云长为何人的童稚时期，却已知道关老爷这尊神。岂止知道，而且和关老爷左右为邻，距离不过五六十步。自我有记事能力，便记着我家是村子西头第二家，头一家的院墙西边紧挨着一条颇深的沟，是下雨排水的天然洪道。这条沟的西沿上，坐落着一幢比普通农家更讲究的庙，方砖砌墙表面，琉璃小瓦苫顶，房脊高高耸起，砖头上有雕刻的吉祥图纹，这座庙俗称关老爷庙。村民平常简称为老爷庙，敬奉着关羽。我一出自家土门楼，第一眼便看见关老爷庙；从村子里走回家去，直对着我视线的也是这座关老爷庙；关老爷庙的北墙根下，是走出村子的西口，村民下地干活或出村办事，都从关老爷的庙墙根下走过。不仅是我，整个村子里的男女老幼都和关老爷朝夕相处，低头不见抬头见，几乎谈不上距离。

我后来才知道，在民间传说里，关羽谢世升天后，被玉皇大帝封为管民间风雨的职司，任何一方地域的干旱雨涝或风调雨顺，全在这位风雨神的掌控之中。无需考究这个传说起自何时何方，既成的事实却非同小可。即如我眼见的灞河流域密集的大村小寨，几乎每个村子都修建着一座关公庙，敬奉着这位职司风雨的神。我生活的村子到1949年新中国成立时，不过三十多户人家，却不知早在多少年前已经修建起这座关公庙来，推想那时大约不过十几或二十几户农家，肯定由每户分摊建庙和雕塑关公神像的不菲的费用，可以想见村民踊跃情态里的虔诚。其实不难理解，以种植庄稼为唯一生存依靠的村民，决定粮食棉花收成丰歉也决定他们碗里吃食的稀稠乃至有无和身上穿戴的厚薄的关键一条，便是雨水，风似乎倒在其次。渭河平原这块沃土，庄稼生长最致命的制约因素，便是干旱，我查阅过西安周边三个县的县志，造成多次饥馑灾荒的原因，都是久旱不雨。敬奉关公祈求风调雨顺是村民们共同的心愿。

每年农历大年三十后晌，村子里的主事人便打开常年挂着铁锁的关公庙门，让几位村民打扫卫生，擦拭关老爷和护卒头上身上的尘土，点上两支又粗又长的红色蜡烛，再敬上三支香，然后跪拜叩头，再说几句祈求风调雨顺的话。接着，整个村子里的成年男人都来焚香跪拜祈祷来年有及时雨降下。我和小伙伴们围在庙门口，看着一个个年长的年轻的爷辈父辈的再熟悉不过的男人们，无论家道或富或贫无论性情属刚属蔫，站到关老爷塑像面前先鞠躬再跪拜时的表情，都是至诚至敬的。关老爷端坐庙堂正中，长耳几乎垂肩，浓眉大眼高鼻梁，满脸红色，黑色的胡须直垂到胸膛，威武里透着慈善，不动声色地看着一茬一茬跪拜他的村民。到得末了，主事人把我等在庙门口围观的小男孩一齐叫进庙去，教大伙抱拳鞠躬，再跪地叩头者三，最后让大伙跟着他齐声说，关老爷爱民如子，给俺多下及时雨……应该说，关公是我平生最早跪拜过的神。

每年农历二月二日，是民间传统传说里的龙抬头的日子，也是冬去春来农事铺开的一个标志性时日。村子的主事人一早又去打开关老爷的庙门，打扫卫生再点蜡焚香，敲锣打鼓和拍铙钹的好手早已敲打得震天价响，村子里的男人们闻声赶来，长辈人跪在庙里，年轻的晚辈跪在庙门外边，我等小伙伴们随意择空档处跪下，叩头三次，然后一齐仰面对着关老爷的塑像，跟着主事人齐声祈祷，祈盼雨顺风调……那声音是浑厚的，也是震动庙宇发生回声的庄严的声响，更是虔诚的心愿之声。

干旱却几乎年年都在发生，有小旱，也有大旱，多在秋苗生长的关键时月，即伏旱。小旱修渠引水可以抗御，大旱就几乎面临绝收，村子的主事人便召集村民商议，用一种激烈悲壮的方式祈雨，当地人叫“伐马角”。同样是在职司风雨的关公庙里庙外举行，点蜡焚香烧裱，庙外锣鼓铙钹敲打着激烈紧凑的曲牌，男人们聚在庙里庙外，身上都披着象征下雨的稻草编织的蓑衣，自然都是长跪在地。突然会有一人跳起，从火盆里抽出一根烧得通红的细钢条，大吼一声，吾乃关老爷“通全”的黑乌梢，随之便把通红的细钢条从右腮戳到左腮……黑乌梢是说一种黑色的蛇，蛇是龙的民间化身，即取水地点在南山的黑龙潭。于是，整个村子的人便跟着那个“通全”了神灵的人到南山去，到黑龙潭里“取水”……我等一帮小伙伴聚在一旁，反复诵念两句民谣：云往西，关老爷骑马戴帽披蓑衣。帽是指遮雨的草帽，蓑衣也是遮雨的，都是预示着甘露降临。应验落雨甚少，依旧干旱居多，灾荒和饥馑避免不过。然而，每年农历大年三十和二月二对关老爷的虔诚祭拜，依旧进行，直到新中国成立后破除迷信明令禁止，这种传承了不知几百年的仪式才被废止了。

关羽忠勇孝义，在民间的影响也很广泛，却是隐性的，不像他职司风雨直接关涉千家万户每一个村民的生存。这样，村民们很少说或不说关公庙关帝庙，而通称关老爷庙或简称老爷庙，已显示着一种亲近的情感。

说来有趣，每当在媒体上看到当地驻军在天旱时节向天空发炮催雨成功的消息，我就会从记忆深处泛出村民敬祭关老爷的画面……

漕渠三月三

一

从京城来的三位电视记者向我提出，要拍陕西地方戏秦腔演出的盛况，还想拍关中民间农民的文化娱乐方式。我真有点犯难了，据我所知，秦腔作为西北五省尤其是陕西关中地区的名牌大戏种，至少在十多年前就已经退出了西安各家剧院的舞台，包括一些大腕级的名角也都流落到适时而兴的“秦腔茶社”里去被尚有秦腔戏瘾的人点唱，原先几乎每个县都有的秦腔剧团的演员们也都流散了，说来真是令人伤感的。如我一样还喜欢听听秦腔旋律品品秦腔韵味儿的人，要想在西安某家剧院看一场名家大腕的演出，还是很难觅到机会的。至于民间的文化活动，他们三位来得也不是时候，清明都过了，民间文化娱乐集中展示的春节的气氛，早已冷却了，农民们已经从春节的欢乐和慵怡中清醒过来，进入田野进入果园开始新的一年的劳作了。然而三位远道而来的记者仍不死心，让我再想想办法，再三申述作为这个专题片的地方文化氛围和土壤是不可或缺的。

真是天无绝人之路。区文化馆一位搞摄影的朋友不经意间告诉我，渭河岸边的漕渠村农历三月三日适逢古庙会，有秦腔剧团的演出，有当地青年男女的秧歌表演，有邻近几个村庄的锣鼓队凑兴。遗憾的是高跷被取消了，据说出于安全的考虑，怕人群过于拥挤而摔伤了表演的人。三位北京来的年轻记者闻讯竟欢呼起来，真是应了“起得早不如赶得巧”的俗话。这样一来，关于秦腔演出和地方文化娱乐特色的东西便全部都可以得手了。

三月三日一早，我便陪三位年轻人上路了。我所存活的白鹿原下的灞河川道，其实只是渭河平原的边缘地带，南岸是古原的北坡，北岸是骊山南麓纵横起伏的丘陵或者说山岭，中间蜿蜒着以柳色愉悦缠绵过古代离人的灞河。车行不过十余公里，便驶出虽然原青岭秀却也显得狭窄的河川，进入坦荡如砥气势恢宏的渭河平原了。那情景如同从一个细杆喇叭里钻出来，进入一个四野再无遮拦的令人舒展也令人惊悸的开阔境地。这是我跟着班主任到灞桥赶考初中第一次走出灞河河川时发生的感受。这种纯粹由地理地形造成的心理感受，一直延续到今天重复到现在，每一次走出家乡灞河川道时都像钻出喇叭细杆儿，每一次回乡也就有从敞开的喇叭口里钻进细杆的感觉。我喜欢走出那个细杆儿似的河川享受无边原野的气度和舒展，也更喜欢重新进入那个狭窄的灞河河川感受南原北岭动态的生动和变幻莫测的气象，甚至包括那一份狭窄造成的拘束。钻进来拘束一段时日，钻出去舒展畅放一回，我的心理秩序和心理感受便处于某种动态的颠簸里，自我感觉真是好极了。

无边无际的麦子刚刚努出穗儿来。满眼都是饱满丰腴的青春的绿色，成熟的含羞带娇的女子就是这种气韵。笼罩着村庄的泡桐织成一片又一片淡紫粉红的花云。天虽然阴沉着，依然罩不住大地青春的气象。

我要到漕渠村去赶三月三日的庙会了。我的心里竟然激动起来了。我已经有许多年没有进入这种关中农民狂欢的庙会场合了。我在少小时候接受过狂欢的场景留下难以磨灭的记忆。现在的乡村庙会与我过去逛过的庙会的气氛会有什么变化吗？淡了还是浓了？三位京城来的年轻的文化人，至少怀着一种猎奇的兴奋，在我则是对一种古老仪式的温习和膜拜。大约还有一公里的路程，我听到了一声火铳的震响，像是远天云层里奔突的沉闷而又撼人心腑的雷声。火铳是一种最具声威最具张力的爆响器，它蕴聚鞭炮家族炸响时的热烈之外，便是深沉如地出的震撼。这应该是民间庆典或狂欢场合里最具煽动性的响器了。即使极阴郁寡淡的人，也会在火铳的爆响里昂起头来。

二

庙会是漕渠村的庙会。

漕渠村在一道浅坡下。漕渠村是个大村子，自古就是一个大村子。村里有一座古庙，供奉着佛家的一位神灵，何年建庙何年立神已经无考，所有关于庙堂的文字典籍，以及庙堂内栩栩如生的神像、精美的壁画和梁栋上的彩绘，都被后来屡屡发生的一次火过一次的“革命行动”扫荡净尽了，后来连三月三日的古庙会日也被禁止了多年。古庙能够存留下来是一个奇迹，说穿了却属无意，仅仅是贫穷的生产队需要用它做库房而没有被摧毁。有形的东西破坏或消灭十分容易，只有无形的传说却能依赖当地人的嘴巴流传下来。可以推断的是，三月三日的庙会是建庙之初就择定了的，庙会的历史也就是古庙的历史，同样是悠久古远得不能再古远悠久了。还可以推断的是，建庙立神的最基本的也是最原始的用意，便是崇拜，或者说是寻求和平安宁所需要的一个祈祷偶像。于是，在渭河南岸广阔的沃野和星罗棋布的大小村庄之中，便形成了以这个古庙为中心的朝拜圣地，三月三日便成为十里百村乡民寄托祈愿和狂欢的盛日。

漕渠村村庄的历史肯定比古庙的历史更为久远，这是常识而毋庸置疑的。一个漕字已注释了这个村子令人敬畏的历史。西汉王朝设都长安，为解决急骤繁荣急骤膨胀的城市吃粮问题，开凿了黄河、灞河、渭河连通长安城的一条可以浮船运粮的运河。关中人却称它为渠，可见当地人的自大和狂妄了。为了逛好漕渠村的古庙会，我专意儿查阅了《辞海》。漕渠词条下准确无虞地注释着这样的内容——

汉、唐时自长安（今西安市）东至黄河的运渠。创始于西汉元光六年（前129年），在大司农郑当时主持下，发卒数万人，由水工徐伯督率开凿。渠傍南山（秦岭）下，长三百余里，三年而成，漕运大便，渠下农田亦颇得灌溉之利。初以灞水为源，其后凿昆明池，又穿昆明渠使东绝灞水合于漕渠。东汉时尚可通航，北魏时已无水。隋开皇初改自长安西北引渭水为源，浚复旧渠通运，定名广通渠，但习俗仍称漕渠。唐时通时塞。天宝初陕郡太守韦坚、太和初咸阳令韩辽两度修复，壅渭水作兴成堰，傍渭东注至永丰仓（即隋开皇中广通仓，仁寿末改名）下合渭入河，规制略如隋旧。末年迁都洛阳，渠遂堙废。

哦哟！这个漕渠村的历史至少可以前推到公元前129年西汉元光年间。甚至可以设想元光年间开凿漕渠之前这个村子就存在不知多少年了。现在仍保存着这个村庄的子孙们用嘴传留下来的当年的盛况，西汉初年漕渠开凿始成，除了为长安城运输粮食，包括渠下村民农田的灌溉，更有各种商船通过漕渠进出长安，漕渠村当时已形成一个周转码头，南北商贾，车船互转，客店饭馆买卖铺店，成一时之盛，漕渠村成为渭河南北广大地区的一大商埠。而古庙肯定在几百年后才形成心灵祈祷的圣地，有佛教进入中国的时间限定出来一个大致的历史轮廓。

我在即将进入漕渠村的时候，感到了这个村庄古远的历史对人的威压。如果不是《辞海》作证和指点迷津，纵然在这个村子的古庙会逛过十回，我也只会以为不过是一个普普通通的庙会而已，关中乡村类似的古庙会多不胜逛。从《辞海》的词条里可以看出，漕渠的开凿便形成漕渠村水陆码头的繁荣，而败毁于王朝灭亡之后的乱世；漕渠的再度浚通和漕渠村的重新繁华，又是隋和盛唐的时代，堙废的结局正好是大唐王朝的没落。这条漕渠的兴衰简史，正好注释了从西汉至唐的中国历史的起落，自然可以想见如漕渠村的乡民的饥饱寒暖了。哦！我的关中，我的渭河平原，单是保存有2000多年的漕渠村这个村名，就够我咀嚼不尽了。我家门前的灞水，曾经是漕渠初开时的水源，我在敬畏的同时，顿然又有了一种沟通历史沟通地域的亲近感。

漕渠村倚靠着的南面的那道浅坡，亦因漕渠而得名为漕渠坡，一道虽然低浅却声名远播的坡。狭义的漕渠村单指这个自然村，而泛义的漕渠村则指漕渠坡下的大围墙村、小围墙村、宋家村、陈家村、王家堡、米家堡、田鲍堡、陶家村、万盛堡、宋家滩等十数个大小村堡，散落在渭河南岸的平原上，绵延十余里，通称十里漕渠。站在漕渠坡头远眺起来，以稠密的村树和村树的绿叶笼罩下的房脊和屋墙组成的村庄，依次渐远，或大或小，坐落在绿色苍郁的麦田之中。我忽然想起，前年曾在临近入渭的灞河河道里，淘沙取石的农民挖出来一条大船的遗骸，距离漕渠村不过十余里，又是怎样令人顿生想象的一条谜一样的古船啊！

一位做豆腐买卖的中年农民笑嘻嘻地告诉我："下了漕渠坡，尽是豆腐锅。"这儿盛产豆腐。漕渠坡下的豆腐远近闻名。据说这儿做成的豆腐烧了烩了不仅不烂，而且鲜嫩异香，做成臊子，浇到面条里，豆腐漂浮在上而不沉底。更具商家利益的是，同样10公斤黄豆在别处通常只能做出20公斤豆腐，在漕渠村却能产出30公斤，甚至35公斤。这个额外的利润，对于那些常年经营豆腐生意的豆腐客（主户）来说，是“天赐良水”令其窃自得意的幸事。除去公社化时代的萧条不计，漕渠坡下无以数计的豆腐作坊自古至今生意兴隆，现在更是许多农户赖以挣钱过日子的把稳的门路。豆腐客戏言：汉家爷江山败了，唐家爷江山也败了，爷们感念修漕渠占了农人的田地，再没啥可补偿了，就赐给咱漕渠人一井好水，让咱做豆腐过日子……爷们还是有良心的。云云。

我顿然失笑了。顿然从悠远的极富想象的漕渠村的历史烟云里清醒过来。顿然抖落了不无酸渍气味的幽思。顿然轻松地接受了这恩赐给豆腐客们的一眼好井……

三

农历三月三日逢着庙会的漕渠村，展示着一个纯粹属于农民的世界。

漕渠村的正街和各条小巷，现在都拥挤着农民。南北走向的公路与通往漕渠村的大路正好构成一个“丁”字，从公路的南面和北面，骑车的步行的男人女人源源不断涌入漕渠村。绝大多数尤其是中年以上的农民，几乎没有任何修饰，与拥挤着的同类在街巷里拥挤。在这里，没有谁会在乎衣服上的泥巴和皱褶，没有谁会讥笑一个中老年人脸上的皱纹蓬乱的头发和荒芜的胡须。女人们总是要讲究一些的，中老年女人大都换上了一身说不上时髦却干净熨帖的衣裤。偶尔可见描了眉涂了唇甚至在黑发上染出几绺黄发的女孩子，尽管努力模仿城市新潮女孩的妆饰打扮，结果仍然让人觉得还是乡村女孩。无论男人或女人，无论年龄长者或年轻后生，无论修饰打扮过或不修边幅的，他们都很兴奋，又都很从容自信，在属于他们的这个世界里，丝毫也看不到他们进入城市在霓虹灯下在红地毯上在笔挺的西装革履面前的拘束和窘迫。他们如鱼得水。他们坦荡自在。他们构成他们自己的世界。

我在这条长长的街道里和支支岔岔的小巷里随着拥挤的人流漫步。我的整个身心都在感受着这种场合里曾经十分熟悉而毕竟有点陌生了的气氛。这种由纯粹的农民汇聚起来的庞大的人群所产生出来的无形的气氛和气场，我可以联想到波澜不兴却在涌动着的大海。我自然联想到我的父辈和爷辈就是构成这个世界的一员或一族。我向来不羞于我来自这个世界属于这个世界壮大于这个世界，说透了就是吮吸着这个世界的气氛感应着这个世界的气场生长的一族。我现在混杂在他们之中，和他们一起在漕渠村的大街小巷里拥挤，尽管我的穿着比他们中的同龄人稍微齐整一点，这个气场对我的浸淫和我本能似的融入，引发了我心里深深的激动。这一刻，我便不由自主地自我把脉，我其实还是最容易在这个世界的气场里引发心灵悸颤的。

村街两边摆着小饭摊、农具、种子、铁器、服装、搪瓷和塑料厨具餐具，以及不可或缺的老鼠药，举凡农民生产生活所需用的一切东西，现在都摆置在村街两边供农民选购。最令我动心的是那些传统小吃摊子，仍然保存着在我少不更事时见到过的那种老式饸饹担子，几乎原样未改地摆在这里或那里。摊主抓起一把紫红色的饸饹，在案板上反复弹着，抛进敞口浅底的花边瓷碗里，用小勺挖盐用木勺撩醋用小木板挑辣椒的动作像是一种舞蹈。我小时候跟随大人去庙会的最重要的目的，就是坐在矮条凳上接过摊主送过来的那一碗饸饹。更奢侈一点儿，还会有临近摊位的油锅上递过来一个油饼或油糕，久久盼望赶庙会的全部目的就在这时实现了。现在，饸饹摊子和油锅前，男人和女人随意地在小条凳上坐下去，包括他们牵引着的男孩和女孩，接过饸饹或油饼油糕，吃罢了抹了嘴就又掺和到人流里去了。我的根深蒂固的关于吃饸饹的记忆就是这种形式。我后来在一些饭店的豪华餐桌上也吃到这种被学者研究出可以防癌可以降血压的所谓绿色食品，却总是尝不出庙会上摊子主人舞蹈似的动作之后的那种香味，更不必说那高得吓人的价码了。我敢说，坐在这个摊子前品尝的男人或女人，如果他们知道自己掏六七毛钱就可以享到的口福，城里人在大饭店却要花几乎一斗麦子的钱才能吃到一碗，准会嘲笑发了财的城里人傻得不会花钱了。

秧歌队扭过来了。这是经过费心操练的一支颇为壮观的秧歌队伍。纯一色的农家姑娘农家媳妇，还有一些堪称大娘辈儿的农家女人，一律的红绸衫绿绸裤，一律的粉红色剪花别在右耳上方的黑发里，手里舞着一律的大红绸扇子，一律的弓前殿后左扭右摆的舞步，一律的优雅，从村子中间的大街里自西向东扭过来。她们可能刚刚放下锄头或给猪呀鸡呀添过食料，换上这一身艳丽的服装就结队扭起来了。她们的公婆她们的丈夫（或未婚夫）她们的孩子，此刻就拥挤在街巷两边的人群里看她们舞蹈。她们同样具有强烈的展示自己表现自己的欲望。她们或欢欣或自信或妖媚或沉稳或娇羞的眉眼里，都透见出这种展示自己风姿的欲望。

秦腔戏的戏台搭在村庄背后的一片空地上。我是循着乐队的响声拐进小巷寻到这里的。一个用木头搭建的戏台，横额上标明长安县剧团。我一眼便可看出来，台上正在演唱着的是《铡美案》中的《杀庙》一场。这是这部堪称秦腔经典剧目中最为惊心动魄的一幕，从戏剧艺术上来看也应是最为精彩的一章。一个被主子差遣来杀人的差官韩琦，一个怀着满腹委屈的乡村女人和她的一双儿女，两个人的冲突两个人的命运在一座小小的庙堂里展示得淋漓尽致波澜起伏，堪称戏剧创作上的绝妙一笔。我曾经无数次地看过这部戏剧，尤其喜欢这精彩绝伦的一折。我在小小年纪初看这部戏时，大约也就只看懂了这部戏的这一折，仅只是剧情而言。从剧情的发展和剧中多个人物的命运的转化来看，《杀庙》这一折正好是这部戏的关捩。我早已从这部戏的情感里跳了出来，而进入一种艺术创造和艺术表演的欣赏中了。

台下几乎是纯一色的中老年农民。台前的人坐在自带的小凳上，两边和后边的人站立着，几乎全都是上了年岁的人。清脆的梆子声紧密的扁鼓声从响亮的板胡缠绵的二胡声中跳蹦而出，敲击着在台下看戏的农民的耳膜和胸膛。他们自小就接受这种乐曲曲调的敲击。他们乐于接受这种时而强烈时而委婉时而铿锵时而绵软的旋律的抚慰。他们并不太在乎是否完全听明白了那些唱词。我也习惯于接受这种旋律的敲击和抚慰。我也不太在乎是否完全听清楚了那些唱词，主要的是接受这种旋律的敲击和抚慰。

下雨了。一把一把五颜六色的伞撑开来，在短暂的一阵骚动后，很快又平静下来。我此刻才发现与我同行的三位北京来的记者正跳上戏台的左角，支起摄像机的三脚架，随之就把镜头对准了正处在杀人与自杀两难中的韩琦，又把镜头调整过来对着台下的农民观众。

我在来去戏场的路上看到了两顶就地搭起的巨大的帆布帐篷，离地大约一尺透着空当。有小孩子趴在地上往里边窥视。我问一位男孩看见了什么。男孩“嘻嘻”笑着说，光腿。从那个全封闭的神秘的帐篷里传出震人的音乐，偶尔发出一两声女子的尖叫。帐篷开口处坐着一位男青年用电喇叭做着广告，招徕诱惑围观的男女进去观赏，语言像是刀刃上的游鱼。不时有人花一块钱买票入场，几乎是纯一色的男青年。一位站在门外的小伙子和一位刚刚走出帐篷的小伙子搭话：

“里头弄啥哩？”

“跳舞哩。”

“跳啥舞哩？”

“扭尻子舞。”

“穿没穿衣裳？”

“穿着哩。”

“穿的啥衣裳？”

“不好说。”

“这有啥不好说的？”

“你进去看看就知道了。”

“我不知值不值得花一块钱。”

……

搞不清这些就地支帐票价一元的演出团队来自哪里，只是可以肯定绝不是渭河岸边的人。谁家的女子要是在那神秘的帐篷里跳光腿舞，可能不需半天就臭名远扬难寻婆家了，谁家的老少都要被指指戳戳闲言碎语了。这些演出团体游牧一样流动在乡村里的集镇上，逢着某村的庙会更是赚钱的最好时机。他们和古老的秦腔对台。他们在乡村里传播什么冲击什么，他们一般是不会从“意义”上考虑的，只是更多地争取那一元钱的门票所包含的利益。愿意花一元钱进帐篷去的乡村青年，自然是为了看看扭屁子舞蹈以及除他们的媳妇之外的女人的光腿。应该说与城市里富丽堂皇超级豪华的歌舞厅里的看客们的原始目的并无二致，只是演出的水准和票价相差太远了。

四

现在该去听锣鼓了。锣鼓队在村委会门口摆开着架势。这是一支远路而来的锣鼓队，按习俗的说法是前来送香火的。送香火的锣鼓队的多少，成为某个庙会盛大景况的重要标志。龙旗前导，锣鼓敲打，响炮放铳，最具声望的老者端着装满紫香黄裱的木盘，浩浩荡荡又肃穆端恭地一路走去，把香火送进庙门，跪拜，点蜡，上香，焚烧黄裱，再叩头。庙门外的广场上，常常摆开十余家从各个村子赶来送香火的锣鼓队，对着敲，看看谁家能把逛会的人吸引过去的最多，自然是优胜的标志了。这是新中国成立前后的盛景，我留下这样的印记是无法淡漠的。现在的漕渠村庙会上，只有两家锣鼓队。我觉得悦耳好听的这一家占据着村委会门前绝好的地盘。一位两腮凹进牙槽的精瘦老头握着鼓槌儿，眼睛上扣着一副茶色石头镜子，这是我印象中最深刻的那种既富于灵性而又有点倔强执拗的老头形象了。他不看任何人，也用不着看鼓面儿，微微偏着头发稀疏亮着红光的脑袋，两手两把溜光的木质鼓槌儿，在米黄色的牛皮鼓面儿上敲出风摆乱花一样的鼓点儿。鼓是锣鼓队的指挥和灵魂。铜钹和大小铜锣在鼓点儿的指挥下变换着交响着，一个好的鼓手常常成为一方地域里受人钦敬的名人。

这样的锣鼓队现代被命名为“长安锣鼓”。流行在秦岭北边渭河平原的锣鼓曲谱源自唐代，被现在的一些搞民间文化的音乐工作者发掘整理出来，颇多抢救国宝的意味。在我的印象里，整个关中稍微像样的村庄都有一支锣鼓队，诸如我的生地蒋村，新中国成立时不过30余户的小村子，同样有一套锣鼓响器，这是整个村子在合作化以前唯一的公有财产，靠一家一户捐赠的粮食置备起来的。每到逢年过节，村里的锣鼓队就造起声势来，把整个村庄都震动起来颠簸起来，热烈的锣鼓声灌进每一座或堂皇或破旧的屋院，把一年的劳累和忧愁都抖落到气势磅礴震天撼地热烈欢快的锣鼓声中了。可以肯定的是，乡村锣鼓这种民间音乐，是我平生里接受的第一支旋律。岂止是我，在那个时代生活过的乡村人，出生后焐在火炕被窝里的第一个春节到来时，就被这种强烈震撼的锣鼓声震得在被窝里哭叫起来，锣鼓的敲击声响从此就注入血液。

现在在漕渠村村委会门前演出的这支锣鼓队，是一支真正的民间锣鼓队，除那位显示着执拗自信的鼓手老头儿，还有四五个抓着脸盆一样大小的铜钹(当地俗称家伙)，五六个左手手指上挂着碗口大的铜锣右手执着短粗锣槌儿的青壮年农民。令我遗憾的是，这支精当的锣鼓队里缺少至少两三个敲那种比蛋糕稍大一点铜锣的角色。缺少小铜锣而突出了大铜锣，显然是一支以瓷硬为风格的锣鼓队，而那种以大小铜锣为主体的锣鼓队的风格被称为“酥”。“酥”在演出风格上的突出特点是细述婉转。然而这个缺少了小铜锣作点缀作调节的锣鼓队，敲出一曲又一曲传统的也许真是自唐代流传下来的锣鼓曲调。这样原始的曲调在我尚未识字之前就听过许多回了，时而如瀑布自天覆倾而下，时而如清溪般流淌；时而如密不透矢的暴风骤雨，时而如疏林秀风；时而如洪流激浪一泻千里，时而如蜻蜓点水微风拂柳。在这样急骤转换的奏鸣里，我的心时而被颠得狂跳，时而又被抚慰，锣鼓的声浪像一只魔女妖精的手，把人撩拨得神魂激荡而又迷离沉醉。我又一次验证了自己关于乡村锣鼓的记忆和感受，依然保持着那份敏感那份融洽而没有隔膜和冷漠。也许应该是我的生命之乐。

我沉浸在锣鼓声中。这一帮由老汉壮年和青年组成的锣鼓队，没有化妆没有统一服饰，也没有由专业乐界行家导演训练出来的统一动作和表情，他们敲到得意时，有的咬牙有的瞪眼有的摇头晃脑，各见性情。常常使我产生错觉，把他们的脸孔和我儿时印象中的我村的某个人重叠起来混淆起来。我沉浸其中。我已经多年没有接受这种生命之乐的冲撞和震颤了。人的五脏六腑也许需要这种纯属民间的乐器来一番冲撞和洗涮的。无论如何，在民间锣鼓的乐曲里，我心中沉积着的污泥和浊水，顿然扫荡清除了，获得的是清爽和轻松，好继续上路。

我还会再去寻求这种纯粹民间的锣鼓，为生命壮行。

关于一条河的记忆和想象

在我写过的或长或短的小说、散文中，记不清有多少回写到过这条河，就是从我家门前自东向西倒流着的灞河。或着意重笔描绘，或者不经意间随笔捎带提及，虽然不无我的情感渗透，着力点还是把握在作品人物彼时彼境的心理情绪状态之中，尤其是小说。散文里提到这条河，自然就是个人情感的直接投注和舒展了，多是河川里四时景致的转换和变化，还有系结在沙滩上杨柳下的记忆，无疑都是最易于触发颤动的最敏感的神经。然而，直到今年3月1日，即农历二月二的龙抬头日，我站在几万乡民祭祀华胥氏始祖的祭坛上的那一刻，心里瞬间突显出灞河这条河来，也从我以往的关于这条河的点滴描述的文字里摆脱出来；我才发现这条河远远不止我的浮光掠影的文字景象，更不止我短暂生命里的砂金碎花类的记忆。是的，我站在孟家崖村的华胥氏始祖的祭台上，心里浮出来的却是距此不过三里路的灞河。

锣鼓喧天。几家锣鼓班子是周边几个规模较大的村子摆下的阵势，这是秦地关中传统的表示重大庆祝活动的标志性声响，也鼓着呈显高低的锣鼓擂台的暗劲儿。岭上和河川的乡民，大约4万余众，汇集到华胥镇上来了。西安城里的人也闻讯赶来凑热闹了，他们比较讲究的乃至时髦的服饰和耀眼的口红，在普遍尚顾不得装饰自己的乡村民众的旋涡里浮沉。前日刚刚下过一场大雪。北边的岭和南边的原坡，都覆盖着白茫茫的雪，河川果园和麦田里的雪已经消融得点点斑斑。乡村土路整个都是泥泞。祭坛前的麦田被踩踏得翻了浆。巨大的不可抑制的兴奋感洋溢在男男女女老老少少的脸上，昨天以前的生活里的艰难和忧愁和烦恼全部都抛开了，把兴奋稀奇和欢悦呈现给擦肩挤膀而过的陌生的同类。他们肯定搞不清史学家们从浩瀚的故纸堆里翻拣出来的这位华夏始祖老奶奶的身世，却怀着坚定不移的兴致来到这个祭坛下的土前投注一回虔诚的注目礼。

华胥镇。以华胥氏命名的镇。距现存的华胥遗址所在地孟家崖村不过一里，这个古老的小镇自然最有资格以华胥氏命名了。这个镇原名油坊镇，亦称油坊街，推想当是因为一家颇具规模的榨油作坊而得名。然而，在我的印象里，连那家榨油作坊的遗迹都未见过。这个镇紧挨着灞河北岸，我祖居的村子也紧系在灞河南岸，隔河可以听见鸡鸣狗叫打架骂仗的高腔锐响。我上学以前就跟着父亲到镇上去逛集，那应是我记忆里最初的关于繁华的印象。短短一条街道，固定的商店有杂货铺、文具店、铁匠铺、理发店，多是两三个人的规模，逢到集日，川原岭坡的乡民挑着推着粮食、木柴和时令水果，牵着拉着牛羊猪鸡来交易，市声嗡响，生动而热闹。我是从1953年到1955年在这个镇的高级小学里完成了小学高年级教育，至今依然保存着最鲜活的记忆。我在这里第一次摸了也打了篮球。我曾经因耍小性子伤了非常喜欢我的一位算术老师的心。因为灞河一年三季常常涨水，虽然离校不过二里地，我只好搭灶住宿，睡在教室里的木楼上，半夜被尿憋醒跑下木楼楼梯，在教室房檐下流过的小水渠尿尿，早晨起来又蹲在小水渠边撩水洗脸，住宿的同学撩着水也嘻嘻哈哈着。这条水渠从后围墙下引进来，绕流过半边校园，从大门底下石砌的暗道流到街道里去了。我们班上有孟家崖村子的同学，似乎没有说过华胥氏祖奶奶的传说，却说过不远处的小小的娲氏庄，就是女娲“抟土造人”的神话发生的地方。我和同学在晚饭后跑到娲氏庄，寻找女娲抟泥和炼石的遗痕，颇觉失望，不过是别无差异的一道道土崖和一堆堆黄土而已。50多年后的2006年的农历二月二日，我站在少年时期曾经追寻过女娲神话发生的地方，与几万乡民一起祭奠女娲的母亲华胥氏，真实地感知到一个民族悠远、神秘而又浪漫的神话和我如此贴近。我自小生活在诞生这个神话的灞河岸边，却从来没有在意过，更没有当过真。年过六旬的我面对祭坛插上一炷紫香弯腰三鞠躬的这一瞬，我当真了，当真信下这个神话了，也认下8000年前的这位民族始祖华胥氏老奶奶了。

在蓄久成潮的文化寻根热里，几位学者不辞辛苦劳顿溯源寻根，寻到我的家乡灞河岸边的孟家崖和娲氏庄，找到了民族始祖奶奶华胥氏陵。

历史是以文字和口头传说保存其记忆的。相对而言，后人总是以文字确定记忆里的史实，而不在乎民间口头的传闻；民间传说似乎向来也不在意史家完全蔑视的口吻和眼神，依然故我津津有味地延续着自己的传说。这里发生了一件有趣的事，史家的文字记载和民间的口头记忆达成默契，互相认可也互相尊重，就是发生在灞河岸边创立过华胥国的华胥氏的神话。

这点小小的却令我颇为兴奋的发现，得之于学者们从文史典籍里钩沉出来的文字资料鉴证的事实。华胥氏生活的时代称为史前文化。有文化却没有文字。没有文字，反而给神话传说的创造提供了无限的空间。等到这个民族创造出方块汉字来，距华胥氏已经过去了大约5000年，大大小小的“史圣司马迁们”，只能把传说当做史实写进他们的著作。面对学者们从浩瀚的史料典籍里翻拣钩沉的史料，我无意也无能力考证结论，只想梳理出一个粗略的脉系轮廓，搞明白我的灞河川道8000年前曾经是怎样一个让号称作家的我羞死的想象里的神话世界。

据《山海经·海内东经》说：“华胥履大人迹，于雷泽而生伏羲。”据《春秋世谱》说：“华胥氏生男名伏羲，生女为女娲。”在《竹书纪年·前篇》里的记载不仅详细，而且有魔幻小说类的情节：“太昊之母，居于华胥之渚，履巨人之迹，意有所动，虹且绕之，因而始娠。”华胥氏在灞河边上，无意间踩踏了一位巨人留下的脚印，似乎生命和意识里感受到某种撞击，那一美妙时刻，天空有彩虹缭绕，便受孕了，便生出伏羲和女娲两兄妹来。

据史圣司马迁《史记·五帝本纪》说，华胥氏生伏羲女娲，伏羲女娲生少典，少典生炎帝和黄帝。这样，司马迁就把这个民族最早的家庭谱系摆列得清晰而又确切。按照这个族系家谱，炎帝和黄帝当属华胥氏的嫡传曾孙，该叫华胥氏为曾祖奶奶了。被尊为“人文初祖”的轩辕黄帝，埋葬于渭北高原的桥山，望不尽的森森柏树迷弥着悠远和庄严，历朝历代的官家和民间年年都在祭拜，近年间祭祀的规模更趋隆重更趋热烈，洋溢着盛世祥和的气象。炎帝在湖南和陕西宝鸡两地均有祭奠活动，虽是近年间的事，比不得黄帝祭祀的悠久和规模，却也一年盖过一年的隆重而庄严。作为黄帝炎帝的曾祖母的华胥氏，直到今年才有了当地政府（蓝田县）和民间文化团体联手举办的祭祀活动，首先让我这个生长在华胥古国的后人感到安慰和自豪了，认下这位始祖奶奶了。

我很自然地追问，华胥氏无意间踩踏巨人的脚印而受孕，才有伏羲女娲以至炎黄二帝。那么华胥氏从何而来？古人显然不会把这种简单的漏洞留给后人。《拾遗记》里说得很确凿，“华胥是九河神女”，而且列出了九条河流的名称。这九条河流的名称已无现实对应，具体方位更无从考据和确定。既是“九河神女”，自然就属于不必认真也无须考究的神话而已。然而，《列子·黄帝篇》里记述了黄帝梦游华胥国的生动图景：“其国无帅长，自然而已，其民无嗜欲，自然而已。不知乐生，不知恶死，故无夭殇。不知亲己，不知疏物，故无所爱憎。不知背逆，不知向顺，故无利害。都无所爱惜，都无所畏忌。入水不溺，入火不热，斫挞无伤痛，指擿无痛痒。乘空如履实，寝虚若处林。云雾不碍其视，雷霆不乱其听，美恶不滑其心，山谷不踬其前，神行而已。”这是一种怎样美好的社会形态啊！其美好的程度远远超出了几千年后的现代人的想象。黄帝梦游过的华胥国的美好形态，甚至超过了世界上的穷人想象里的乌托邦的美妙图景。华胥氏创造的华胥国里的生活景象和生活形态，不是人间仙境，而是仙境里的人间。这样的人间，截止到现在，在世界的或大或小的一方，哪怕一个小小的角落，都还没有出现过。黄帝的这个梦，无疑是他理想中要构建的社会图像。然而要认真考究这个梦的真实性，就茫然了。我想没有谁会与几千年前的一个传说里的神话较真，自然都会以一种轻松的欣赏心情看取这个梦里的仙境人间。我却无端地联想到半坡遗址。

黄帝梦游过的华胥氏创建的令人神往的华胥国，即今日举行华胥氏祭祀盛会的灞河岸边的华胥镇这一带地域。由此沿灞河顺流而下往西不过20里，就是中国第一座史前遗址博物馆——西安半坡遗址博物馆。这是黄河流域一个典型而又完整的母系氏族公社时期的遗址。有聚居的村落，有用泥块和木椽搭建的房子。房子里有火道和火炕。这种火炕至今还在我的家乡的乡民的屋子里继续使用着。我落生到这个世界的头一个冬天就享受着火炕的温热，直到20世纪80年代初用电热褥取代了火炕。半坡人制作的鱼钩和鱼叉相当精细，竟然有防止上钩和被叉住的鱼逃脱的倒钩。他们已经会编席，也会织布，这应该是中国最早的编织品，编和织的技术是他们最先创造发明出来的。他们毫无疑义又是中国制陶业的开山鼻祖，那些红色、灰色和黑色的钵、盆、碗、壶、瓮、罐和瓶的内里和陶盖上单色或彩绘着的张着大嘴的鱼，跳跃着的鹿，令我叹为观止。任你撒开想象的缰绳张开想象的翅膀，想象6000多年前聚集在白鹿原西坡根下浐河岸边的这一群男女劳动生产和艺术创造的生活图景。他们肯定有一位睿智而又无私的伟大的女性作为首领，在这方水草丛林茂盛，飞禽走兽鱼蚌稠密的丰腴之地，进行着人类最初的文明创造。这位伟大的女性可是华胥氏？半坡村可是华胥国？或者说华胥氏是许多个华胥国半坡村里无以数计的女性首领之中最杰出的一位？或者说是在这个那个诸多的半坡村伟大女性首领基础上神话创造的一个典型？

这是一个充满迷幻魔幻和神话的时期。半坡遗址发掘出土的一只红色陶盆内侧，彩绘着一幅人面鱼纹图案，大约是魔幻现实主义的创始之作，把人脸和鱼纹组合在一幅图画上，比拉美魔幻小说里人和甲虫互变的想象早过6000多年，现在还有谁再把人变成狗的细节写出来或画出来，就只能令当代读者和看客徒叹现代人的艺术想象力萎缩枯竭得不成样子了。我倒是从那幅人面鱼纹彩绘图画里，联想到伏羲和女娲。华胥氏无意踩踏巨人脚印受孕所生的这一子一女，史书典籍上用“蛇身人首”来描述。“蛇身人首”和“人面鱼纹”有无联系？前者是神话创造，后者却是半坡人的艺术创作。我在赞叹具备“人面鱼纹”这样非凡想象活力的半坡人的同时，类推到距半坡不过20里的华胥国的伏羲女娲的“蛇身人首”的神话，就觉得十分自然也十分合情理了。浐河是灞河的一条较大的支流，灞河从秦岭山里涌出，自东向西沿着北岭和南原（白鹿原）之间的川道进入关中投入渭河，不过200多里，浐河自秦岭发源由南向北，在古人折柳送别的灞桥西边投入灞河。我便大胆设想，在灞河和浐河流经的这一方地域，有多少个先民聚集着的半坡村，无非是没有完整保存下来或未被发现而已，半坡遗址也是在20世纪50年代初兴建纺织厂挖掘地基时偶然发现的。华胥国其实就是又一个半坡村，就在我家门前灞河对岸二里远的地盘上，也许这华胥国把我的祖宗生活的白鹿原北坡下的这方宝地也包括在内。据史家推算，华胥氏的华胥国距今8000多年，半坡村遗址距今6000多年，均属人类发展漫长历程中的同一时期。神话和魔幻弥漫着整个这个漫长的时期，以至5000年前的我们的始祖轩辕黄帝，也梦牵魂绕出那样一方仙境里的人间——曾祖母华胥氏创造的华胥国。

告别华胥氏陵祭坛，在依然热烈依然震天撼地的锣鼓声响里，我徒增起对祭坛前这条河的依恋，便沿着灞河北岸平整的国道溯流而上。大雪昨日骤降骤晴。灿烂的丙戌年二月二龙抬头日的阳光如此鼓荡人的情怀。天空一碧如洗。河南岸横列着的白鹿原的北坡上的大大小小的沟壑，蒙着一层厚厚的柔情的雪。坡上的洼地和平台上，隐现着新修的房屋白色或棕色的瓷片，还有老式建筑灰色瓦片的房脊。公路两边的果园和麦地，积雪已融化出残破的景象，麦苗从融雪的土地里露出令人心颤的嫩绿。柳树最敏感春的气息，垂吊的丝条已经绣结着米黄的叶芽了。我竟然追到蓝田猿人的发现地——公王岭——来了。

这是一阶既不雄阔也不高迈的岭地，紧依着挺拔雄浑的秦岭脚下，一个一个岭包曲线柔缓。灞河从公王岭的坡根下流过，河面很窄，冬季里水量很小，看去不过像条小溪。就是这个依贴着秦岭绕流着灞水的名不见经传的公王岭，一日之间，叫响了整个中国，乃至世界，进入中学历史课本，把公王岭发现的蓝田猿人注入一代又一代人的常识性记忆。这是在中国迄今发现最早的人类化石遗存，刚刚从猿蜕变进化到可以称作人的蓝田猿人，距今大约115万年。

这个蓝田猿人化石的发现，带有很大的偶然性，或者正应了“踏破铁鞋无觅处，得来全不费功夫”的老话。1963年春天，中科院古脊椎动物与人类研究所的一行专家，到蓝田县辖的灞河流域做考古普查。这是一个冷门学科里最冷的一门，别说普通乡民摇头茫然，即使有一定文化知识的当地教师干部，也是浑然不知茫然摇头。他们用当地人熟知的龙骨取代了化石，一下子就揭去了这个高深冷僻的冷门里神秘的面纱，不仅大小中药铺的药匣子里都有储备，掌柜的都知道作为药物的龙骨出自何地，蓝田北岭和原坡地带随处都有；被他们问到的当地识字或不识字的农民，胳膊一抡一指，烂龙骨嘛，满岭满坡踢一脚就踢出一堆。话说得兴许有点夸张。然而灞河北岸的岭地和南岸的白鹿原的北坡，农民挖地破山碰见龙骨屡见不鲜，积攒得多了就送到中药铺换几个零钱，虽说有益肾补钙功效，却算不得珍贵药材，很便宜的。农家几乎家家都有储备，有止血奇效。我小时割草弄破手指，大人割麦砍伤脚腕，取出龙骨来刮下白色粉末敷到伤口上，血立马止住不流，似乎还息痛。我便忍不住惋惜，说不定把多少让考古科学家觅寻不得的有价值的化石，在中药锅里熬成渣了，刮成粉末止了血了。

这一行考古专家在灞河北边的山岭上踏访寻觅，终于在一个名叫陈家窝的村子的岭坡上，发现了一颗猿人的牙齿化石，还有同期的古生物化石，可以想象他们的兴奋和得意，太不容易又太意外的容易了。由此也可以想到这里蕴积的丰厚，真如农民说的一脚能踢出一堆来。这一行专家又打听到灞河上游的古老镇子厚镇周围的岭地上龙骨更多，便奔来了。走过蓝田县城再往东北走到30多里处，骤然而降的暴雨，把这一行衣履不整灰尘满身的北京人淋得避进了路边的农舍，震惊考古界的事就要发生了。

他们避雨躲进农舍，还不忘打听关于龙骨的事。农民指着灞河对岸的岭坡说，那上头多得很。他们也饿了，这里既没有小饭馆就餐，连买饼干小吃食的小商店也没有，史称“三年困难时期”的恶威尚未过去。他们按“组织纪律”到农民家吃派饭，就选择到对面岭上的农家。吃饭有了劲儿，就在村外的山坡上刨挖起来，果然挖出了一堆堆古生物化石，又挖出一颗猿人牙齿。他们把挖出的大量沉积物打包运回北京，一丝一缕进行剥离，终于剥离出一块完整的猿人头盖骨化石，震惊考古学界的发现发生了。这个小岭包叫公王岭。我站在公王岭的坡头上，看岭下公路上川流着的各种型号的汽车，看背后蒙着积雪的一级一级台田。想着那场逼使考古专家改变行程的暴雨。如果他们按既定目标奔厚镇去了，所得在难以估计之中，这个沉积在公王岭砾石里的猿人头盖骨化石，可能在随后的移山造田的“学大寨”运动中被填到更深的沟壑里，或者被农民捡拾进了药铺下了药锅熬成药渣，或者如我一样刮成粉末撒到伤口永远消失。这场鬼使神差的暴雨，多么好的雨。

我在公王岭陈列室里，看到蓝田猿人头盖骨复原仿制品，外行看不出什么绝妙，倒是对那些同期的古生物化石惊讶不已。原始野生的牛角竟有70多厘米长，人是无论如何招不住那牴角一触的。作为更新世动物代表的纳犸象，一颗獠牙长到20多厘米，直径粗到十余厘米，真是巨齿了，看一眼都令人毛骨悚然。还有剑齿虎，披毛犀，单是牙齿和角，就可以猜想其庞然大物的凶猛了。我便联想到20世纪70年代初，我下乡驻队在白鹿原北坡一个叫龙湾的村子里。那是一个寒冷异常的冬天，在北方习惯称作冬闲季节，此时倒比往常更忙了，以平整土地为主项的“学大寨”运动正在热潮中。忽一日有人向我通报，说挖高垫低平整土地的社员挖出比碾杠还粗的龙骨。随之，打电话报告了西安有关考古的单位，当即派专家来，指导农民挖掘，竟然挖出一头完整的犀牛化石，弥足珍贵。龙湾村距公王岭不过80里，当属灞河的中偏下游了。可以想见，100万年前的灞河川道，是怎样一番生机盎然生动蓬勃的景象。这儿无疑属于热带的水乡泽国，雨量充沛，热带的林木草类覆盖着山岭原坡和河川。灞河肯定不止现在旱季里那一绺细流，也不会那么浑，在南原和北岭之间的川道里随心所欲地南弯北绕涌流下去。诸如剑齿虎、纳犸象、原始野牛和披毛犀牛等兽类里的庞然大物，傲然游荡在南原北岭和河川里。已经进化为人的猿人的族群，想来当属这些巨兽横行地域里的弱势群体，然而他们的智慧和灵巧，成为生存的无可比拟的优势。他们继续着进化的漫漫行程。

从公王岭顺灞河而下到100里处，即是灞河的较大支流浐河边上的半坡氏族村落遗址。从公王岭的蓝田猿人进化到半坡人，整整走过了100多万年。用100多万年的时间，才去掉了那个“猿”字，成为真正意义上的人，真是太漫长太艰难了。我更为感慨乃至惊诧的是，不过200多里的灞河川道，竟然给现代人提供了一个完整的从猿进化到人的实证；100多万年的进化史，在地图上无法标识的一条小河上完成了。还有华胥氏和她的儿女伏羲女娲的美妙浪漫的神话，在这条小河边创造出来，传播开去，写进史书典籍，传播在一个有5000年文明史的子民的口头上。这是怎样的一条河啊！

这是我家门前流过的一条小河。

小河名字叫灞河。

在河之洲

汽车驶出古城西安东门，不久就进入麦深似海的关中平原的腹地。时令刚交上五月，吐穗扬花的小麦一望无际，眼前是嫩滴滴的密密匝匝的麦叶麦穗，稍远就呈现为青色了。放开眼远眺，就是令人心灵震颤的恢弘深沉的气象了。东过渭河，田堰层叠的渭北高原，在灰云和浓雾里隐隐呈现出独特的风貌，无论立陡的险坳，无论舒缓的慢坡，都被青葱葱的麦子覆盖着，如此博大深沉，又如此舒展柔曼，无法想象仅仅在两个月之前的残破与苍凉，顿然生发出对黄土高原深蕴不露的神奇伟力的感动。

我的心绪早已舒展欢愉起来，却不完全因为满川满原的绿色的浸染和撩拨，更有潜藏心底的一个极富诱惑的企盼，即将踏访2000多年前那位“窈窕淑女”曾经生活和恋爱的“在河之洲”了。确切地说，早在几天之前朋友相约的时候，我的心里就踊跃着期待着，去看那块神秘莫测的“在河之洲”。

我是少年时期在初中语文课本上，初读那首被称作中国第一首爱情诗歌的。无须语文老师督促，一诵我便成记了，也就终生难忘了。“关关雎鸠，在河之洲；窈窕淑女，君子好逑。”许是少年时期特有的敏感，对那位好逑的君子不大感兴趣，甚至有莫名的逆反式的嫉妒，一个什么样儿的君子，竟然能够赢得那位窈窕淑女的爱？在河之洲，在哪条河边的哪一块芳草地上，曾经出现过一位窈窕淑女，而且演绎出千古诵颂不衰的美丽的爱情诗篇？神秘而又圣洁的“在河之洲”，就在我的心底潜存下来。后来听说这首爱情绝唱就产生在渭北高原，却不敢全信，以为不过是传说罢了，而渭河平原的历史传说太多太多了。直到朋友约我的时候，确凿而又具体地告诉我，在河之洲，就是渭北高原合阳县的洽川，这是大学问家朱熹老先生论证勘定的。朱熹著《诗集传》里的《关雎》篇，以及《大雅·大明》的注释，有“在洽之阳，在渭之涘”可佐证，更有“洽，水名，本在今同州郃阳夏阳县”，指示出不容置疑的具体方位。郃阳即今日的合阳县，20世纪50年代还沿用古体字“郃”作为县名，后来为图得简便，把右边的耳朵削减省略了，郃阳县就成今天通用的合阳县了。洽水在合阳县投入黄河，这一片黄河道里的滩地古称洽川，就是千百年来让初恋男女梦幻情迷的“在河之洲”。我现在就奔着那方神秘而又圣洁的芳草地来了。

远远便瞅见了黄河。黄河紧紧贴着绵延起伏的群山似的断崖的崖根，静静地悄无声息地涌流着。黄河冲出禹门，又冲出晋陕大峡谷，到这里才放松了，温柔了，也需要抒情低吟了，抖落下沉重的泥沙，孕育出渭北高原这方丰饶秀美的河洲。这是令人一瞅就感到心灵震颤的一方绿洲，顿然便自惭想象的狭窄和局限。这里坦坦荡荡铺展开的绿莹莹的芦苇，左望不见边际，右眺也不见边际，沿着黄河也装饰着黄河，竟有3万多亩，那一派芦苇的青葱的绿色所蕴聚的气象，在人初见的一瞬便感到巨大的摇撼和震颤。我站在坡坎上，久久说不出一句话来，那方自少年时代就潜存心底的“在河之洲”，完全不及现实的洽川壮美。

芦苇正长到和我一般高，齐刷刷，绿莹莹，宽宽的叶子上绣积着一层茸茸白毛，纯净到纤尘不染。我漫步在芦苇荡里青草铺就的小道上，似可感到正值青春期的芦苇的呼吸。我自然想到那位身姿窈窕的淑女，也许在麦田里锄草，在桑树上采摘桑叶，在芦苇丛里聆听鸟鸣，高原的地脉和洽川芦荡的气韵，孕育出窈窕壮健的身姿和洒脱清爽的质地，才会让那个万众景仰的周文王一见钟情，倾心求爱。我便暗自好笑少年时期自己的无知与轻狂，好逑的君子可是西周的周文王啊，哪里还有比他更能称得起君子的君子呢！一个君王向一个锄地割麦采桑养蚕的民间女子求爱，就在这莽莽苍苍郁郁葱葱的芦苇荡里，留下《诗经》开篇的爱情诗篇，萦绕在这个民族每一个子孙的情感之湖里，滋润了2000余年，依然在诵着吟着品着咂着，成了一种永恒。

雨下起来了。芦苇荡里白茫茫一片铺天盖地的雨雾，腾起排山倒海般雨打苇叶的啸声，一波一波撞击人的胸膛。走到芦苇荡里一处开阔地时，看到一幅奇景，好大的一个水塘里，竟然有几十个人在戏水，男人女人，年轻人居多，也有头发稀落皮肉松弛的上了年岁的人。这个时月里的渭北高原，又下着大雨，气温不过十度，那些人只穿泳衣在水塘里戏闹着，似乎不可思议。这是一个温泉，名处女泉，大约从文王向民间淑女求爱之前就涌流到今天了。温泉蒸腾着白色的水汽，像一只沸滚的大锅，一团一团温热湿润的水汽向四周的芦苇丛里弥漫，幻如仙境。洽川人得了这一塘好水，冬夏都可以尽情洗浴了，自古形成一个风俗，女子出嫁前夜，必定到处女泉净身，真是如诗如画。洽川这种温泉在古籍上有一个怪异的专用汉字——瀵。自地下冒涌出来，冲起沙粒，对浴者的皮肤冲击搓磨，比现代浴室超豪华设施美妙得远了。在洽川，这样的瀵泉有多处，细如蚁穴，大如车轮。《水经注》等多种典籍都有生动具体的描绘。现在成了各地游客观赏或享受沙浪浴的好去处了。

这肯定是我见过的最绝妙的温泉了，也肯定是我观赏到的最壮观最气魄的芦苇荡了，造化赐予缺雨干旱的渭北高原这样迷人的一方绿地一塘好水，弥足珍贵。我在孙犁的小说散文里领略过荷花淀和芦苇荡的诗意美，前不久从媒体上看到有干涸的危机，不免扼腕；从京剧《沙家浜》里知道江南有一处可藏匿新四军的芦苇荡，不知还有芦苇否？芦苇丛生的湿地沙滩，被誉为地球的肺。无须特意强调，谁都知道其对于人类生存不可或缺的功能。

我便庆幸，在黄河滩的洽川，芦苇在蓬勃着，温泉在涌着冒着，现代淑女和现代君子，在这一方芳草地上，演绎着风流。

关山小记

汽车刚钻进山，车里的朋友就兴奋起来，争相发出连续不断的赞美的话语，夹裹着由衷的惊诧的叫声，近似鼓噪，不过从口吻声调判断，还属真实。想想这些长年出入高楼行走在水泥沥青马路上的人，眼里看的是瓷片玻璃，鼻孔吸入的是种种废气，时下又正当溽热难耐的三伏，突然钻进这不见人烟的群山之中，仅生理心理的本能性舒悦就足以开怀了，况且全都是挟有绝技绝招的文墨人，更敏感也更习惯表述。

这山也真是美。在仅容得汽车穿过的窄道里，两边或陡直挺立或悬空扑突的青色岩石，轻易就可以把钢铁制品挤弯压扁。溪水就在车轮下飞迸着水花，喧闹出弥天铺地的浪声。车在群山里盘绕，一会上了一会下了，眼前的空间一会宽了一会窄了，瞬息变幻着的景致，却再也激发不起朋友们的大呼小叹了。也许是目不暇接了，也许是喊得累了。车子再翻过一道缓坡横梁，眼前展开一片宽阔漫长的谷地，峭壁陡峰早已不见了踪影，溪水隐没到草丛里去了，满眼都是浏览不尽的绿草，在西斜的阳光下迭变着色彩，人被狭谷窄道挤压过的心胸顿然舒展开来，又是一片惊诧的咏叹。

这是关山。我这回是专意瞅着关山来的。

我对关山的向往，是两年前电视播放的一则风光片诱发的。记得是在一场顶级足球比赛的场间休息时随意转换频道，不经意间看到一片奇异的高山草地，一下子就被吸引被诱惑住了。起初竟然以为是异国风光，而且与在图片和荧屏上见过的阿尔卑斯山的风景叠印在一起；后来听着优美抒情的解说词儿，才知道这是中国的关山草原，更令我意料不及的，这关山就隐藏在秦岭山地里边，属于陕西陇县辖地，离西安不过三个多小时的车程。我在那一刻就有了“养在深闺人未识”的惊喜，向往也在那一刻注定了。现在终于逮着机会，直奔关山来了。

一眼望不透的高矮起伏着的群山。这里的山已经不见秦岭的陡峭挺拔威严凛峻，却是一派舒缓柔曼的气象，从山根到山顶，坡势拉得悠长，一种自在自如的娴静和浅淡。由近处望到远处，山头都被绿树笼罩着，近在眼前的是一派惹眼的葱绿，越往远处颜色渐渐加深到墨绿，再到目力所及处和雾气灰云混融了，完全看不出绿色了。这里的树林颇为怪异：从每一座山头覆盖下来，到半山腰便齐崭崭收住，形成一道密不透风的绿色壁垒。看去颇为壮观，往往使初见者误猜为人工有意所为，其实是自自然然形成的地理地貌性奇观。山腰往下直到河谷，漫坡漫川都是绿毡铺着一样的野草，草里点缀着黄的红的紫的白的小花。这山里的世界就显得十分简洁，绿的树和绿的草，树占山腰以上，草铺山腰以下。这种简洁的美是一种大气象的美。是舍弃了繁复舍弃了芜杂也舍弃了匠心的美，非浏览过千番景致也见惯了各种色彩的大手笔不可造得。这当然是大自然的神笔造出的神韵，却也启示舞笔弄墨泼彩的文人画家，不可把一种自营的色彩色调说绝了。

从河谷里随意走过去，走过一个山间谷地再到一个山间谷地，每一道沟每一面坡都各有风姿，绝不重复类近。然而稍微留心，或浅短或长远，或伸直或斜延，那一面面坡一道道梁，其走势其形态都显示舒缓优雅自在自如气韵酣畅神闲气定，一弯一转一扭一回旋，都丝毫不显急促，更不见猥琐，如一张张锦帛一条条绿绸随着轻微的山风随意飘落。我不止一回提问自己，这是秦岭吗？以陡险雄峻闻名的秦岭，到这里却呈现出一派舒缓柔曼的姿态和情调，当可看作伟岸凛峻的大丈夫的躯体里，原本怀有诗意绵绵也情意绵绵的软心柔肠。

关山和秦岭一样悠久，却是山系里的壮年汉子，多少万年以来，这天赐的美景只是默默地自我欣赏。从20世纪后半段的几十年里，这里是繁殖培育骑兵所用战马的军事禁地，旁人不得进入。再说那时候的中国人，无论城乡，都是数着粮票掐斤扣两过着日子。现在时风开化了，一部分人可以在衣暖饭饱之后派生游逛的“余事”了。骑兵已经从中国军队的兵种里悄然消退了，关山军马场相继歇业关闭了，然军马却在山沟野洼乡民的屋院里繁衍。现在，这里最能引发游人好奇的项目是骑马，近处和远处的男女山民牵着自养的良种军马，争先恐后地把马鞭往来此散心的城里人的手里塞，甚至拽着游客的胳膊往马背上掀，竞争到了空前激烈的状态。马们是无所谓的，驮着这些城市来的先生女士老汉老太小伙姑娘，听着他们在自己耳后发出的惊惊吓吓嘻嘻哈哈的声音，祖传的血液里的冲锋陷阵蹄踏敌阵的血性和激情荡然无存，只是懒洋洋地溜达。我的朋友们都上了马。我无端地谢绝真诚的乃至不可理喻的邀约，只有一个托词，我属马，自己不好压迫自己。

我便独自一人在夕阳即逝的草地上随意走着。我迎面碰到草地小路上一位骑自行车的小伙儿。小伙儿眉眼很俊，黑眼睛灵活而聪慧。我和他有一段简短的交谈，得知散落在一道一道沟谷里的山里人家，除了种包谷土豆自供吃食，主要是饲养放牧羊和马，羊供游人们烧烤，现场宰杀，架火烤全羊或羊肉串儿，从维吾尔族蒙古族那里学来的烧烤技术。马除了供游人骑玩，更多的是卖给客户，听来有点残酷。小伙儿告诉我，上海年年来人收购，有多少要多少。听说买回去抽血直到抽干。抽马血做啥用咱就不知道了……听得我毛骨悚然，身上起鸡皮疙瘩，顿然意识到属马不骑马的自我约律没有一丝意思了。

小伙子跨上自行车远去了。暮色里可以看见前边山口有一堆瓦顶房子。不过五六户人家。我往住地走过去。绵软的草地已经有湿气潮起来。包括我在内的城里人到这里来散心，来赏景，来换一口清新干净的空气，体验一回骑马的新奇感觉。明日回去又陷入城市的文明和喧嚣之中。山民们大约对这里的树这里的草这里的空气，早已习以为常，只有尽快把长成的羊和马卖出去，欢悦和窃喜才会产生。美丽的类近阿尔卑斯山风貌的关山的景致，对他们只有谋得生存的真实含义。

夜色完全落幕。阴沉的天空尽管没有星月，还是能够看到天和地的分界，那是群山顶上的树梢，在天空画出的起伏着的优美曲线，凝然不动。我回到住地场院，听到聚在灯光下的一堆游客在议论，有人说咱们有这样好的山地和草原，外地人却把陕西一概印象为风沙弥漫的黄土高坡，全是那首破歌惹的祸……“大风”把陕西全刮光了。

我想这肯定是个乡土自尊比我还强的陕西人。

麦饭

按照当今已经注意营养分析的人们的观点，麦饭是属于真正的绿色食物。

我自小就有幸享用这种绿色食物。不过不是具备科学的超前消费的意识，恰恰是贫穷导致的以野菜代粮食的果腹本能。

早春里，山坡背阴处的积雪尚未褪尽消去，向阳坡地上的苜蓿已经从地皮上努出嫩芽来。我掐苜蓿，常和同龄的男女孩子结伙，从山坡上的这一块苜蓿地奔到另一块苜蓿地，这是幼年记忆里最愉快的劳动。

苜蓿芽儿用水淘了，拌上面粉，揉、搅、搓、抖均匀，摊在木屉上，放在锅里蒸熟。出锅后，用熟油拌了，便用碗盛着，整碗整碗地吃，拌着一碗玉米糁子熬煮的稀饭，可以省下一个两个馍来。母亲似乎从我有记忆能力时就擅长麦饭技艺。她做得从容不迫，干、湿、软、硬总是恰到好处。我最关心的是，拌到苜蓿里的面粉是麦子面儿还是玉米面儿。麦子面儿俗称白面儿，拌就的麦饭软绵可口，玉米面拌成的麦饭就相去甚远了。母亲往往会说，白面断顿了，得用玉米面儿拌；你甭不高兴，我会多浇点熟油。我从解知人言便开始习惯粗食淡饭，从来不敢也不会有奢望寄予；从来不会要吃什么或想吃什么，而是习惯于母亲做什么就吃什么，没有道理也没有解释，贫穷造就的吃食的贫乏和单调是不容选择或挑剔的，也不宽容娇气和任性。

麦子面拌就的头茬苜蓿蒸成的麦饭，再拌进熟油，那种绵长的香味的记忆是无法泯灭的。

按照家乡的风俗禁忌，清明是掐摘苜蓿的终结之日。清明之前，任何人家种植的苜蓿，尽可以由人去掐去摘，主人均是一种宽容和大度。清明一过，便不能再去任何人家的苜蓿地采掐了，苜蓿要作为饲草生长了。

苜蓿之后，我们便盼着槐花。山坡和场边的槐花放白的时候，我便用早已备齐的木钩挑着竹笼去采捋槐花了。

槐花开放的时候，村巷屋院都是香气充溢着。

槐花蒸成的麦饭，另有一番香味，似乎比苜蓿麦饭更可口。这个季节往往很短暂，家家男女端到街巷里来的饭碗里，多是槐花麦饭。

按照今天已经开始青睐绿色食品的先行者们的现代营养意识，我便可以耍一把阿Q式的骄傲，我们祖宗比你阔多了，他们早早都以苜蓿槐花为食了。

到了难忘的60年代，史称“三年困难时期”的60年代初，家乡的原坡和河川里一切不含毒汁的野菜和野草，包括某些树叶，统统都被大人小孩挖、掐、拔、摘、捋回家去，拌以少许面粉或麸皮，蒸了，食了，已经无油可拌。这样的麦饭已成为主食，成为填充肚腹的坐庄食物。男人女人老人小孩都别无选择，漂亮的脸蛋儿和丑陋的黑脸也无法挑剔，都只能赖此物充饥，延续生命。老人脸黄了肿了，年轻人也黄了肿了，小孩子黄了肿了，漂亮的脸蛋儿黄了肿了时尤为令人叹惋。看来，这种纯粹以绿色野菜野草为食物的实践，却显示出残酷的结果，提醒今天那些以绿色食物为时尚为时髦的先生太太们切勿矫枉过正，以免损害贵体。

近日和朋友到西安大雁塔下的一家陕北风味饭馆就餐，一道“洋芋叉叉”的菜令人费解。吃了一口便尝出味来，便大胆探问，可是洋芋麦饭？延安籍的女老板笑答，对。关中叫麦饭，陕北叫洋芋叉叉。把洋芋擦成丝，拌以上等白面，蒸熟，拌油，仍然沿袭民间如我母亲一样的农家主妇的操作规程。陕北盛产洋芋，用洋芋做成麦饭，原也是以菜代粮，变换一种花样，和关中的麦饭无本质差别。不过，现在由服务生用瓷盘端到餐桌上来的洋芋叉叉或者说洋芋麦饭，却是一道菜，一种商品，一种卖价不低的绿色食品，城里人乐于掏腰包并赞赏不绝的超前保健食品了。

家乡的原野上，苜蓿种植已经大大减少。已经稀罕的苜蓿地，不容许任何人涉足动手掐采。传统的乡俗已经断止。主人一茬接着一茬掐采下苜蓿芽来，用袋装了，用车载了，送到城里的蔬菜市场，卖一把好钱。乡俗断止了，日子好过了，这是现代生活法则。

母亲的苜蓿麦饭槐花麦饭已经成为遥远而又温馨的记忆。

搅团

家乡灞河川道自古盛产包谷。由包谷面儿做的搅团便应运而生，历久不衰，绵延至今。

把新磨下的包谷面儿，在滚开的铁锅里抛撒，一边撒着，一边用木勺搅动。顺时针搅一阵子，再逆时针搅一阵子。包谷面儿要一把一把均匀地撒下去，不匀则容易结成搅不开的干面疙瘩。灶锅底下的火不能灭断，灶下大火烧着，锅里撒着搅着，紧张而又热烈，一般均需夫妻二人同时搭手默契配合，才能打出一锅好搅团。搅团这种饭食的操作过程，常常可以看到农家夫妻的温情和爱意。夫妻间闹了气儿，男方或女方企图结束冷战状态，便会提议打搅团。在灶下和锅台上近在咫尺的夫妻紧密配合中，搅团打成了，夫妻关系也重修旧好了。

这种搅团，说白了，不过是一锅糨糊。

然而，绝对区别于一般的糨糊。

一锅用包谷面打成的糨糊。

一般的糨糊，必须用麦子面打成才黏。包谷面黏力不足，即使农家主妇双手抱着木柄大勺搅动，那搅团只增加筋道却不甚黏糊。所以，地道的搅团必以包谷面为原料。麦子面打出的反而真成了糨糊。

包谷面搅团千家万户的锅里打出来的大同小异，区别在于臊子。最简单的是用好醋好酱调汤，伴以葱花蒜泥佐味，有香油滴入自然更好。复杂一点的是用臊子浇汤。用荠菜做汤浇到搅团碗里，野味鲜味俱佳。最复杂的臊子，在关中东府如同臊子面的臊子做法一样，肉丁红白萝卜丁黄花木耳等烩成臊子，浇到搅团之上，那是超常享受了。以上均为热搅团。

搅团凉吃亦很别致。用勺舀到可以下漏的竹篮里，轻压轻挤，搅团便像一条条小鱼或更像蝌蚪一样漏进盛水的盆里。再捞出来，调进酸辣调味品，口感好极了，怀娃娃的孕妇尤好此食。再把搅团晾在案板上，摊平，冷却后切成小块，调了油盐酱醋，作为喝稀饭的佐菜。一边是热烫的包谷糁子稀饭，一边是冰凉可口的搅团，男女皆好此一热一冷的刺激。还有烩搅团，不再赘述。

无论热吃凉吃烩了吃，谁都明白，只是把包谷这种粗粮变一个花样以图好进口罢了。

少年和青年时期，粗粮为主，包谷坐庄。包谷稀饭包谷馍馍，一天三顿均为黄颜色的包谷做成的饭食，民间戏谑：早上包谷吃，晌午包谷喝，晚上包谷把皮脱。搅团便是把难吃的包谷面儿变一种饭食花样。农村孩子，没有谁能逃躲包谷饭食的，自然也逃躲不了搅团。

搅团又被乡人戏称“哄上坡”。说它耐不得饥，易消化。肚子吃得膨胀，干活去走到坡上就又饿了。我曾经发过誓，如果能有福分不吃搅团，我将永远不再想它。

当我和乡民都以白面为主食的日子到来时，过了几年，却想吃搅团了，真是不曾料到。随着年岁递增，对这种曾经厌腻透了的饭食更多一层回味与依恋。

到渭南市，作家李康美约我到他家吃饭，我首选搅团。李夫人买来新磨的包谷面儿，味道真是好极了。

到咸阳市，作家文兰约我吃饭，我仍然首推搅团。文兰又约来作家叶广芩，说她已早有约求，待有搅团吃时一定相告。叶广芩为清室皇家血统，想品尝关中民间饭食，自然除了新鲜，还有体验民情之美意。不料，我等吃得满头大汗口香腹胀仍不想丢碗筷，叶广芩却一脸茫然，感叹：我就一种感觉——猫吃糨子嘛！

陕西作家协会院内有一家搅团专业户，便是文学评论家李星，平均每周至少打一次搅团，从春吃到夏，吃到秋再吃到冬，全以时令蔬菜做汤伴着。我等想吃搅团，便先告知一声，多撒一把包谷面儿；或是在楼下闻到搅团锅底烧着了的香味，便直接上楼去讨一碗吃。人说，李星写了大半辈子文学评论，打了半辈子搅团。

搅团而今也被开发被提升到大小饭店的食谱上，卖得一把好价，真是大出我半生之意料，惊疑今天富裕了的人疯了。

四 生命中最温暖的一隅

我的记性已经很差，
无疑是老年的生理特征的显现。
想到生命的衰落生命的勃兴
从来都是这样的
首尾接续着，我便泰然而乐。

家之脉

女儿和女婿在墙壁上贴着几张识字图画，不满3岁的小外孙按图索文，给我表演：白菜、茄子、汽车、火车、解放军、农民……

1950年春节过后的一天晚上，在那盏祖传的清油灯下，父亲把一支毛笔和一沓黄色仿纸交到我手里："你明日早起去上学。"我拔掉竹筒笔帽儿，是一撮黑里透黄的动物毛做成的笔头。父亲又说："你跟你哥合用一个砚台。"

我的三个孩子的上学日，是我们家的庆典日。在我看来，孩子走进学校的第一步，认识的第一个字，用铅笔写成汉字的第一画，才是孩子生命的开启。他们从这一刻开始告别黑暗，走向智慧人类的途程。

我们家木楼上有一只破旧的大木箱，乱扔着一堆书。我看着那些发黄的纸页和一行行栗子大的字问父亲："是你读过的书吗？"父亲说是他读过的，随之加重语气解释说："那是你爷爷用毛笔抄写的。"我大为惊讶，原以为是石印的，毛笔字怎么会写到和我的课本上的字一样规矩呢？父亲说："你爷爷是先生，当先生先得写好字，字是人的门脸。"在我出生之前已谢世的爷爷会写一手好字，我最初的崇拜产生了。

父亲的毛笔字显然比不得爷爷，然而父亲会写字。大年三十的后晌，村人夹着一卷红纸走进院来，父亲磨墨、裁纸，为乡亲写好一副副新春对联，摊在明厅里的地上晾干。我瞅着那些大字不识一个的村人围观父亲舞笔弄墨的情景，隐隐感到了一种难以言说的自豪。

多年以后，我从城市躲回祖居的老屋，在准备和写作《白鹿原》的6年时间里，每到春节的前一天后晌，为村人继续写迎春对联。每当造房上大梁或办婚丧大事，村人就来找我写对联。这当儿我就想起父亲写春联的情景，也想到爷爷手抄给父亲的那一厚册课本。

我的儿女都读过大学，学历比我高了，更比我的父亲和爷爷高了。然而儿女唯一不及父辈和爷辈的便是写字，他们一律提不起毛笔来。村人们再不会夹着红纸走进我家屋院了。

礼拜五晚上一场大雪，足足下了一尺厚。第二天上课心里都在发慌，怎么回家去背馍呢？50余里路程步行，我十三岁。最后一节课上完，我走出教室门时就愣住了，父亲披一身一头的雪迎着我走过来，肩头扛着一口袋馍馍，笑吟吟地说："我给你把干粮送来了，这个星期你不要回家了，你走不动，雪太厚了……"

二女儿因为读俄语，补习只好赶到高陵县一所开设俄语班的中学去。每到周日下午，我用自行车带着女儿走七八里土路赶到汽车站，一同乘公共汽车到西安东郊的纺织城，再换乘通高陵县的公共汽车，看着女儿坐好位子随车而去，我再原路返回蒋村——正在写作《白》书的祖屋。我没有劳累的感觉，反而感觉到了时代的进步和生活的幸福，比我父亲冒雪步行50里为我送干粮方便得多了。

父亲是一位地道的农民，比村子里的农民多了会写字会打算盘的本事，在下雨天不能下地劳作的空闲里，躺在祖屋的炕上读古典小说和秦腔戏本。他注重孩子念书学文化，他卖粮卖树卖柴，供给我和哥哥读中学，至今依然在家乡传为佳话。

我供给三个孩子上学的过程虽然也颇不轻松，然而比父亲当年的艰难却相去甚远。从做私塾先生的爷爷到我的孙儿这五代人中，父亲是最艰难的。他已经没有了做私塾先生的爷爷的地位和经济，而且作为一个农民也失去了对土地和牲畜的创造权利，而且心强气盛地要拼死供给两个儿子读书。他的耐劳他的勤俭他的耿直和左邻右舍的村人并无多大差别，他的文化意识才是我们家里最可称道的东西，却绝非书香门第之类。

这才是我们家几代人传承不断的脉。

旦旦记趣

外孙取名旦旦，已经长到两岁半，常有“惊人”之语出口。每每听到，先是猝不及防，随之便捧腹，或忍不住而喷饭，且不能忘。

他很贪玩，几乎没有片刻的闲静，即使吃饭，仍然是手不闲脚亦不停。这时候，我便哄他说，你不好好吃饭，屁股上都没肉啦！顺手便捏一捏他的小屁股，再鼓励一番，好好吃肉，屁股上就长肉啦。他便真听了话，张口接住他妈妈递到嘴边的一块肉，刚嚼了两下，估计还未嚼碎，便急忙咽下，跑过来，背过身，撅起小屁股：“爷爷你再摸一下，看看长肉了没有？”在一家人的哄笑声中，我只好将错就错：“长了长了！再吃再长！”我亦忍不住笑，这才叫立竿见影！

旦旦吃了一块豆腐，蹦过来，转过身，又一次撅起小屁股，认真地说：“爷爷你再摸一下，看看屁股上长豆腐了没？”哇！一家人全部放下碗，停住筷子，笑得前仰后合。

然后就没完没了。一次连一次地重复如前的动作和姿势，一次比一次更加认真地问：

爷爷你再摸一下，屁股上长蘑菇了没？

爷爷你再摸一下，屁股上长木耳了没？

我已经再没劲儿笑了，无可奈何地对他说，旦旦的屁股成了副食超市了。

有一天，我要上班了，照例先和旦旦说再见，然后就走到门口。旦旦却急了，从沙发上跳下来，鞋也顾不得穿，光着脚跑过来，边跑边喊，爷爷别走爷爷别走。我就站住安慰他。他却盯着我喊，爷爷我送你。我也就释然，还以为他缠住我不让出门呢。我拉开门，他先蹦了出去，站在楼梯口，伸出一只小手来。我尚弄不明白他要做什么，就牵住他的手引他进门回屋。小家伙抽回手去，甩了几下，又伸到我面前。我女儿终于明白了，提示我说，他要跟你握手送别呢。我恍然醒悟，随即弯下腰伸出手去，攥住他的小手。他却当即跳着蹦着，另一只手像翅膀一样上下扇着扇着，嘴里连续丢出一串话来："再见拜拜巴尼哈！那就这。"

我对于这突如其来的发挥毫无心理准备。旦旦表演完毕，向我摇摇手，又跑回屋里沙发上去了。我走下楼梯走过楼院走出住宅区的大门，心里还一直在想着。"再见"和再见的英语口语"拜拜"他早都会说了，自然是他爸爸妈妈教的。"巴尼哈"是维吾尔语"再见"的意思，肯定是他奶奶教给他的。我和老伴今年夏天去了一趟新疆，就学会了这么一句维吾尔语的"再见"。这些当然都不足为奇，奇就奇在"那就这"从何而来，谁教给他的？

想想也不难破译。家里来了人，说完了事，送客人出门，握手告别时我常习惯说“那就这”。意思是我们说过的事就这样了。不仅如此，打完电话时，我也习惯说一句：“那就这，再见。”这娃娃不知观察了多少次我的举动和说话，终于和我要来表演一回了。

从这天开始，这样的握手告别仪式就成为必不可缺的铁定的程序，我一天出几次门，就有几次这样的表演仪式，地点也必须是门外的楼梯口。有一次因事急我匆匆开门出去，走到楼下，从窗户里传出旦旦的哭声，哭声不仅大而强烈，且很悲伤。我感到了一种他被轻视了的伤心，我犹豫一下，还是返身回家，补行了那个握手告别的仪式。他的脸蛋上挂着泪珠，仍然把小手递到我手里，蹦着跳着，左胳膊还是小鸟翅膀一样上下扇动着，哽咽着却一字不漏地说完“再见……拜拜……巴尼哈……那就这”。

旦旦学骑小三轮车几乎无师自通，哪怕是车子可以擦轴而过的狭窄过道，他都可以骑过去。旦旦对我说，爷爷我到北京去了。说罢便踩动车轮钻进另一间房子去了。不一会儿，旦旦又转回来：爷爷我到上海去了。说罢又钻入第三间屋子。我的三室住房加上厨房，不时变换着中国十几个城市的名字，大都是我或家人出差去过的城市。因为去某个城市的时间和回来之后的一段日子，家人总是说那些城市的见闻和观察。旦旦便在谁也不留意他的时候记住了这些城市的名字，而且被他骑车一日几次地往返了。

旦旦睡觉了，家里便恢复了安静。他的一双小鞋却丢在我的房间的床边，我总是在看见那一双小鞋时忍不住怦然心动。我说不清什么原因，似乎也没有什么关于鞋的往事的参照或触发，反正看见那双脱下的小鞋时心里就怦然一动，甚至比看见他穿着鞋跑来跑去更加富于诱惑。

回到家，迎上前来打招呼的总是旦旦。这时候，无论什么不顺心的事和烦恼的事甚至令人窝火的事，全都在旦旦的无序的话语里化解了。说宠辱皆忘说心静如水似乎都不大确切，只是觉得自己就是一个爷爷了。

秋收过后，我带着旦旦回到老家乡村。今年夏天雨水好，秋粮得到了近来少有的好收成，村巷里的椿树槐树皂荚树树杈上，架着一串串剥光了皮壳的玉米棒子，橙黄鲜亮的。这虽然是我自小就看惯了的家乡的最亮丽最惹眼的风景，依然抑制不住对于丰收果实的那种诗意的感受。旦旦也激动起来，扬起两条小胳膊，睁大惊异的眼睛欢呼起来：啊呀！这么多的香蕉呀……

旦旦的惊人之举引来哄然大笑。他奶奶他妈妈和周围的乡亲都笑了。我笑过之后，便由不得感慨。这孩子生在城里，长在城里，两岁半了，第一次看见玉米棒子，把形状类似的香蕉就联想起来混淆一起了。我的三个儿女，包括旦旦的妈妈，都是生长在这祖传的乡间老屋里，她们生在非常时期，也是我的生活最困窘的时期，香蕉无异于天国的神果，她们正好可能把香蕉当作玉米棒子。香蕉在现时的乡村，已经不是什么稀奇的水果，乡村小镇和马路边的小店散摊，都摆着一堆堆零售的香蕉，肯定不会有农村孩子再把它当作玉米棒子的笑话发生了。无论大人们怎样开心地调笑，旦旦却早跑到树下，仰起脸盯着树杈上的玉米棒子，跳着叫着要摘下“香蕉”来。

两岁半的旦旦，大约正处于人生的混沌状态，什么都要问，却什么也懂不了；什么都感觉新鲜，过眼之后便兴味索然；什么人的什么话都可以不听，一味固执于自己当时的兴趣；什么行动和动作都想去模仿，结果是毫不在意地又丢弃了。我可以看到一个人成长过程中两岁半这个年龄区段里的全部可爱，混沌的可爱。不必做任何意义上的猜想和推测，两岁半的混沌形态容不得意义，因为它本身属于无意义的自然形态。

这个年龄区段的混沌可能很短暂。因为在两岁的时候，旦旦还不是这样的形态。半岁的变化有点急骤，两岁时说不出的混话和做不出的行为动作，到两岁半时就都发生了。那么我就猜想，再过半岁呢？到了三岁时，该是从混沌状态走出来而踏入半混沌半清明的状态了吗？他在蜕却一半混沌的同时，还能保持那一份憨态的可爱吗？

猜测那混沌状态的可能消失，依恋着那混沌状态的全部可爱，我便打算用笔记下来。我的记性已经很差，无疑是老年的生理特征的显现。想到生命的衰落生命的勃兴从来都是这样的首尾接续着，我便泰然而乐。

有剑铭为友

我无论如何都想不起来，是哪一年在什么场合和剑铭见第一面的。我想打电话问问剑铭，拿起话筒却又放下了，既然不具备井冈山会师那样决定中国革命历史命运的意义，弄不弄清这个时间和地点也就无所谓了。倒是年轻时的几次接触，随着岁月的河流越流越远，反而愈加清晰，愈觉珍贵，也倍觉幸运，即淡淡的漫长的两个人的生命历程中，能留下至今让我偶尔忆及依然动情的事，真是人生幸事。

大约是1972年秋天或冬天，我收到剑铭一封信，告诉我他刚刚参加过一个重要会议，陕西作家协会被下放到农村的作家和编辑又回来了，被砸烂的陕西作家协会要恢复工作了，改为“陕西省文艺创作研究室”。无论这个新的名字听来怎样别扭说来怎样拗口想来怎样不伦不类词不达意，已经无关紧要，起码标志着文学创作又被捡起来了。剑铭还告诉我，陕西的文学刊物《延河》也即将复刊，同样出于与旧的“文艺黑线”决断的思路，改名为《陕西文艺》。这个会议就是“省文艺创作研究室”和《陕西文艺》共同召开的，与会者是西安地区的一些工农兵业余作者。会议的主题之外，还有一个更具体的事，让与会者向新的编辑部推荐各自认识的业余作者。目的很明了，新的刊物需要作品，作品必得作者创作，声名赫赫的老作家有的虽然从流放地回来了，改造思想的距离仍然遥远，能否重新发表作品似乎还难说。工农兵业余作者，一下子成了香饽饽受到器重了。剑铭在信中告诉我，他推荐了我，而且推荐了我刊登在西安郊区文化馆创办的内部刊物《郊区文艺》上的散文《水库情深》。

我首先感动的是剑铭这封信里的真挚。我也很为我心中崇尚着的一个文学刊物《延河》的复刊而鼓舞，尽管更替了一个新的刊名。我在1965年初发表散文处女作，到1966年夏天，大约发表了六七篇散文作品，全部刊登在《西安晚报》文艺副刊上。除了初中二年级时语文老师把我的一篇作文亲自抄写投寄给《延河》之外，此后许多年的业余操练和投稿过程中，从来也没有敢给《延河》投寄一稿。在我的感觉里，说文雅点，《延河》是全国大作家们展示风采的舞台；说粗俗点，那门槛太高了。怀着这种敬畏的心理，我把习作的散文都送到报纸副刊了。尽管西安地区的业余作者朋友略知我一二，而《延河》和作家协会的全然陌生是合情合理的。正是剑铭这一次推荐，荐人和荐稿，使我跨进了作家协会和《延河》的高门槛。接到剑铭信后没过几天，就接到《陕西文艺》编辑部路萌的电话，谈了他对剑铭送给他的《水库情深》的意见。随后又收到路萌经过红笔修改的稿子。这篇经剑铭推荐的散文《水库情深》，发表在

《陕西文艺》创刊号上。今天想来，感慨之际，真应了某点宿命。许多年前一位游迹村野的算卦先生硬揪住我相面，说了许多恭维之辞，也免不了提醒的话，统统忘记了，原因在于我向来不信这些神神道道虚虚幻幻装神弄鬼混馍吃的做派。倒是记得他有一句“紧当处有贵人相助”的话。单是在创作生涯里，再缩小到《延河》这条道上，相助的贵人有两个，一个是我刚刚对文学产生兴趣并在作文本上写小说的时候，语文老师车占鳌把我写的第二篇小说亲手抄写到稿纸上，投寄给《延河》。整整过了15年，剑铭把《水库情深》又推荐给《陕西文艺》，而且发表了。我的车老师和我的文学兄弟剑铭，就是我在创作道路上相助的贵人，这一说恰如其分。

那时候，在西安，工人业余作者（那时候没人敢自称或他称作家这个大号）徐剑铭的名字是响亮的，知名度是最高的。西安仅有的三四家省市两级报纸和文学刊物，上稿见报最频繁的莫过于他了。首先是他的诗歌，再就是当年十分流行的一种演出和阅读皆宜的称作“对口词”的韵体文学样式，还有散文和小说。打开报纸和刊物，就会看到徐剑铭的名字和他的新作。我至今依然记得在报纸上阅读散文诗《莲湖路》时酣畅淋漓的美感，作者激情澎湃，诗意泉涌，才华横着竖着漫溢。我所熟悉的业余作者朋友都觉得诧异，这样的诗和这样的文字，怎么会由一个缩脑耷肩貌似绺匠（小偷）的人倾泻出来？也难怪，剑铭行为举动散漫，在任何庄严的场合，都是习惯性缩着脑袋耸着肩膀不急不慌懒懒洋洋的样子；说话不急不躁，一口地道的西安市民的家常话，极少乃至不见一句文学修辞：在任何正经或闲谈的场合，都是一种低调姿态。然而就是这样一个人，那诗那散文里掀起的气象万千排山倒海似的涌潮，让我在阅读时心怀激荡不已。我串用一句古话，是真才子自风流，显然不指外装潢，而在内宇宙。

剑铭在西安一家名牌工厂当工人，我在西安东郊一个公社（乡政府）当干部，距离不过30里，然而难得一见。上班各自忙事且不说了，那时电话很不发达，经济更捉襟见肘，所以很难有一聚吃顿饭喝回茶的机会，倒是一年里遇着哪个文艺管理部门召集业余作者开会或辅导，便是文朋诗友的盛会。大约是1977年，剑铭骑着自行车到我供职的公社来了。我打开门，吓了一跳，他仍然是那种不动声色更不张扬的样子，身后站着李佩芝。李佩芝也算熟人，也是业余作者开会时见过，几乎很少说话，更谈不上交往。我把他和她迎进宿办合一的房子，坐下聊天。我那一年正陷入某种难言的尴尬状态。我在前一年为刚刚复刊的《人民文学》写过一篇小说，社会上传说纷纭。尴尬虽然一时难以摆脱，我的心里倒也整端不乱，中国的大局大势是令人鼓舞的，小小的个人的尴尬终究会过去的。

我按我的职责抓着蔬菜生产和养猪，以及正在施工的一条灌渠工程。剑铭说他听到某些闲话，显然是传言，但他很不放心，又不摸虚实，便叫上李佩芝来看望我。我此时此刻的感动，远不是他给《陕西文艺》推荐稿子那种层面上的意蕴了。我感到了一种温暖。我充分感受到陷入尴尬之境时得到的温暖是何等珍贵。其实任何安慰或开脱的话都不必说，单是此时此地的这个行为就足以使我感到温暖了。我那一刻的感觉只有一点，在这个纷纷攘攘的世界上，有徐、李两位文学朋友还关心着我的兴亡，在感到温暖的同时，心里也涨起力量了。已经错过了机关吃饭时间，公社所在地连一家食堂也没有，只有一家供销合作社，我执意买下两斤点心，那一刻竟是打烂账的豪勇，决不能让两位送温暖的贵人饿肚子踩自行车运动几十里回城。今天的人也许以为矫情，须知那时候我月薪39元养着一家5口，平日里是捏着钢镚儿过日子的，身上不名一文是正常状态。大约是这年冬天或次年（1978）早春，剑铭又约了西安几位文学朋友到我原下的家里。我当时刚刚接手家乡灞河河堤工程的副总指挥，难得有一个休假的礼拜，家庭经济也仍然维持在39元月薪的水平，一下子从城里来了这么多贵宾，就紧张就发窘了。倾其所有储备，只能是一碟生萝卜丝作凉菜，一盘萝卜条和白菜烩熬的热菜，主食则是干面。朋友们都知道我的家境，来时就带着白酒，喝着谝着，倒也尽情尽性。我们很自然地以各自的观察和猜测设想未来中国的可能性变化，时有争议。这些朋友在西安城里的某个角落都有一个社会角色，工人、公园杂工、街道办干部等，许多年来因为一个文学的共同兴趣联结在一起，此时最关注的当然是文艺政策放宽放松的尺码。放宽放松是共同的肯定的看法，而在尺码上却很难把握。这次聚会发生过一个细节，剑铭把一张稿酬汇款单据给我的农民夫人验示了，以此证明稿费要恢复了。无需解释的言下之意，稿酬一旦恢复，你的日子就会好过了，这个家庭的困窘和拮据就会改善了。我隐约记得那张稿酬单上的汇款额不过十几块钱，那时却是一个令人目眩到不敢相信的数字。我也在心里盘算着，相当于当时增加三级工资的这笔“外快”，一旦注入家庭经济，我起码可以不让来访的朋友自带白酒了。

大约到20世纪80年代初，中国当代文学以摧枯拉朽之势冲决极左的文艺桎梏，真是让新老作家经历了一场历史性的大释放和大畅美！想到仅仅三四年前在原下老家聚会的时代，似乎跨越了从猿到人的漫长历程。我那时住在灞桥古镇上，反倒没有了吟哦灞桥如雪柳絮的怡情，更无法体验验证古人折柳相送的悲凄，我被扑面而来的大解放的生活潮流掀动着，把我的生活感受诉诸文字。我已经有一篇短篇小说获得全国奖。我的第一本小说集刚刚印刷出来。我感觉自己已经进入生命的最佳轨道，即自幼倾情于文学虽经受种种挫折而仍不能改移的这个兴趣。忽一日，剑铭来到我的住所，自然相见甚欢。闲聊中，剑铭说，咱们那一帮文学哥们中，老哥你这几年成绩最显著了。借着这个话头儿，我也说出我对他的一点建议来，减少或者不参与某些厂矿的文化活动和属于好人好事的报告文学写作，以便集中精力去写属于文学意义上的作品。我的这个意见其实不是我一个人的看法，和原来那些如他称为哥们的文学朋友遇到一起时，哥们似乎都有点惋惜，按剑铭的才气和智慧，对于文学的敏锐和不俗的文学功底，对城市深刻的体验和个人经历的丰富，早就应该出大的创作成果了，早就应该是文学复兴中最先跃上文坛的新星了。哥们常常带着遗憾议论，所能找到的原因便是我上述的那点事。出于对文学创作的理解，我渐渐形成一种个人戒律，不给别人开药方，不对无论生人或熟人的写作说“你应该怎样又不应该怎样”的话。我此前也与剑铭多次相遇，都不敢说，今天终于说出来，最基本的一点，也是想到按他的天分和现有的文学装备，理应出大成果，便有遗憾和损失的心理。剑铭笑笑说，这一点自己早意识到了，只是心肠太软，架不住朋友的热情邀请，也不忍心让过去的那些工人朋友失望。

后来听一位年轻的业余作者说：“如果不是为扶持我们，徐老师的名气肯定比现在大多了！”我这才忽然明白：从文学解冻之初，剑铭就开始主持一个工人文学刊物，后来又到《西安晚报》当副刊编辑。依他的热诚与执著，这种“为人作嫁衣”的事业肯定耽误了他许多耕作“自留地”的时间和精力。我在为他惋惜的同时也就多了一份肃然。

2002年某日，接到剑铭电话，说报社给他在浐河边上购得一套住宅，想约几位老朋友在新居一聚，庆祝乔迁之喜。我竟然很感动，最直接的感动就是我们在地理上的距离变得如此之近。我那时重新回到原下祖居的村子，不过是为了逃离太过逼近的生活的龌龊。这样年龄了，经历了冷暖冰火几十年的生活了，唯一不可含糊的生活信条是，人给社会建树美好的能力总是相对的，而不能制造龌龊却是绝对的。我便在原下的灞河边上重新阅读和写作。剑铭住到原西的浐河边上安居乐业了，应该是距我最近的一位作家了。

猴年伊始，我到原上去给老舅拜年，回来路经剑铭浐河边上的住宅，喝一杯清茶，仍是一种素有的平淡、素有的踏实。剑铭的住房还算宽敞，装饰得也不错，书房里挂着几年前由我写的“无梦书屋”的毛笔字，我看了颇觉别扭，吹牛说毛笔字已有进步，我要重写一幅，心里却潮起“历尽劫波兄弟在”的诗句来。剑铭告诉我，他已经写过1000万字的作品了。我并不惊诧，他的敏锐的才思勤奋的习惯呈现为快手，我是早就知晓的。他说他要出三本选集，诗歌、小说、散文各出一本，应是较大规模的一次专著出版，我也不惊讶，甚至以为早应该有这样规模的出版了。他拿出来一本《黄罗斌传》的长篇人物传记，才是令我震惊不已的事。黄罗斌为陕西蒲城县人，陕甘红色政权的创造者之一，一生充满传奇，超乎常人想象。黄罗斌的全部生活历程都与剑铭的生活经验相去甚远，然而剑铭写成了，并付诸出版了，包括传主眷属在内的各方都评价甚高。更令我惊奇到不可思议的是，这部30余万字的作品，写作时间仅仅一个月。剑铭不动声色轻声慢语给我说：“我一天写10000字。”我听说过用电脑一天可以码出万字的事，年轻时的我也曾经有过在兴头上一天用钢笔写出万把字的事。然而剑铭在整整一个月的时间里，每天用钢笔以10000字的速度写完一部30余万字的长篇人物传记，而且一遍成稿，而且得到出版社编辑和传主眷属的高度评价，且不说我如何惊讶、感动和钦佩，起码日后不会因为谁的出手之快吃惊了。

我约略知道，多年以来，剑铭写了大量的各行各业杰出人物的短篇纪实文学，主编了某些系统优秀人物的报告文学集子，既亲自出马采访写作，又兼以帮助修改整本书的稿件，不厌其烦，不拿架势，深得各家主管领导和作者的尊敬与爱戴。我较为确凿地知道一件事，是他主编陕西国防工业系统的一部报告文学集。我曾为这本书作序。在国防工业系统有那么多鲜为人知的无名英雄，我在阅读中不止一次热泪难抑，那本书里就有剑铭写作的九篇激情洋溢的文章。我之所以特别提到这部英雄碑史式的报告文学集，只有一点想作以强调，剑铭把诗人的激情倾注在那一个个无名英雄献身事业的文字上，对国防事业的英雄倾心纵情，展示的是一个人民作家的情怀。

剑铭告诉我，他手头还在写作一部长篇纪实文学，是三秦子弟立马中条（山）抗击日寇的气壮山河的群雕式作品。这样，在已经到来的猴年，剑铭将有两部长篇纪实作品和三部选集出版，当为盛事。一个作家，一年里有着如此丰硕的果实得以收获，还有什么事能比其更令人感到心灵与精神的慰藉和自信呢！剑铭属相为猴，今年满60了，这是怎样令自己也令朋友欢欣鼓舞的一个年轮哦！

2002年时，我曾在一封致剑铭的短信里写过这样一点感慨：相识相交几十年了，他在城里，我在城郊，多则一年里有几次碰面聚首的机缘，少则一年也许难得相遇，既不是热爱到扎堆结伙，也不是互相提携你捧我吹。几十年过来，剑铭大约有两篇写到我的轶事的千字短文；我也只有前述的那封对他的一篇纪实作品读后感式点评的书信。然而我心里有个剑铭，或者说剑铭实实在在存储在心里，遇着机会见面，握一把手就觉得很坦然了。剑铭小我两岁，今年也年过花甲。我写这篇文章的时候，心里始终萦绕着一个小小的核儿，就是温情，就是友谊。热闹的人生与社会交会的场面，过去了就如烟散了；生活演变中的浮沉起落，也终究要归于灰冷。作为朋友，能留下来永远在内心闪烁着温暖光焰的，除了真诚，什么都难以为继。

我便倍觉荣幸，有剑铭为友。

秦人白烨（补遗）

从意大利回到北京的第一件事便想到吃，吃一顿涮羊肉。不足半月的亚平宁半岛之行，且不说花样单调的西餐如何使人腻味，即使享誉世界的意大利面条，无论宽的细的长的短的实心的空心的，都让人连回味的勇气也没有。想想一盘橡皮筋儿似的面条里，再浇上一勺子奶酪的那种甜腻腻的滋味，看看怎么入口下肚。涮羊肉便成为一种企盼。其实早在回国的飞机上就谋算定了回京后头一顿饭的目标。

到旅馆办完手续住下，想到立即可以去开涮，心里竟然是如同雀跃的激动。突然又想到一个人太高兴，有位朋友作陪，面对热气蒸腾的涮锅，俩人对饮扎啤又在火锅里乱涮乱戳才开心，便立即打电话给白烨。

恰好白烨没有出远门，人在。

于是，在北沙滩一条小街的小饭馆里，我们便面对一只红铜涮锅而心意融融。他还是那么和悦地笑着，说着文化界的一些新鲜事，声音柔和悦耳。他的悦耳的语音在陕西关中人中也应属个别，听起来特别和谐。他的模样也属于关中人中那种“细活人”，细眉细眼，平头整脸，少了粗犷而多了“细活”，倒更像江南那种才子佳人的眉眼。这些我当然都很熟悉，也无多少变化，却都不是他的主要魅力所在。他的魅力在哪儿？我似乎也很难说清楚一二，交识了十余年，依然无法归纳，倒是常常想起李星对他的一句形象概括：“白烨这熊是老少皆宜，男女皆宜！”

我们吃得很畅快，而我似乎确凿有点贪馋，喉咙底下好像有一只手在往里拽着。而我们的无边际的闲谝（北京人说侃），真正是东拉西扯域内海外过去时现在时，现在留下记忆的却只有一件事。似乎是谝起我们过去的旧交时，白烨突然冒出一句话：“你知道我写你那篇文章是在哪儿写下的？”我当然不知道他在西安或在北京或在办公室或在家里甚或在出差的火车上……他断定我猜不中，这是我从他紧紧盯着我的眼神里判断出来的。他紧紧盯着我的眼神有少许神秘多几分认真，却绝无卖关子的意思，在即将开口道破那个神秘而庄重的写作处所时，先释然一笑，眼角眉梢都是释然的轻松：“我在家门口的路灯下写成的！”

大约是1980年春天，我从区文化馆赶到省作协去开会，或者可能是听《延河》编辑部谈对我某一篇小说稿的处理意见，反正除了这两种可能再不会有其他事。那天中午在前院碰见白烨。是他先叫住我，因为我不认识他，他大约是问了门卫之后冲我走过来的。

那时候我尚未听说过这个名字。他便简单作了自我介绍，说他在中国社会科学出版社文学编辑室做编辑，兼做业余文学评论。他说他原在陕西师范大学教学，刚刚调到北京不足一年。他那一口纯正的关中北部口音，顿然化释了初识时的诸多陌生与隔膜，我和他便在鱼池的水泥围栏上坐下谝起来——他说他要和我说事。

他受《文学评论》杂志之约，要写一篇关于我的小说创作的评论，要我提供已经发表过的小说清单、篇名以及所发表的杂志的刊号；还要交谈这些小说创作前后的有关和相关和不沾边的情况。

这是中国进入划时代的80年代的头一个春天。文学正在复苏。伤痕文学和反思文学正以其可以理解的特殊社会因素而影响社会影响人心，一篇万把字甚至几千字的短篇小说可以轰动全国，影响普通公民的生活秩序和心理秩序，真可谓文学的“特异功能”。文学新作和文学新人都如雨后春笋，各种文学期刊和报纸都在为文学新人和文学杰作张扬。《文学评论》杂志似乎已经不能适应那种局面，在刊物之外又编了一种不定期的评论专集《当代作家评论》，把一拨一拨在文坛初具影响的中青年作家的创作予以概括性评述，推向社会。我有幸被列入某一辑中，由白烨来写这篇评论文章。他便是奔这件事来找我的，而且再三郑重强调：“这是我这回回西安最重要的事。”

后来我就再没有见到他。大约到年底，他寄来两本《当代作家评论专辑》。我读了他写的关于我的七八篇短篇小说的综合评论，近乎10000字。我的感觉是贴合初发阶段的那几篇小说的实际，多是方方面面的分析，没有大而不当的溢美，也没有生拉硬扯与什么流派什么主义攀附，纯粹是就作品实际的分析，很中肯，予长处的肯定时也明朗着弱点和希望。

这便是我们的第一面认识和头一回交手。再次见面是相隔四年以后的1983年5月，我到《当代》编辑部住下修改中篇小说《初夏》，我们才得此机缘第二次握手。那天中午我们在朝内大街一个饭馆吃了一顿烧卖，喝着散啤酒，说着家乡事以及个人的粗略经历，情感渐渐交融了。之后又是几年，我一直住在乡下，他偶尔回到西安，匆匆来去，很难遇合到一起。

大约是1989年三伏，我为安顿孩子的读书在西安住着，晚上热得睡不下，大家都习惯聚在编辑部四合院里乘凉闲谝。朦朦月光下，白烨幽灵似的悄没声儿走进人窝来，大家认出后就惊呼起来。他从黄陵老家探亲回来，到作协熟人处找床来了。

那一夜，大家谝得很开心，谝什么都一概记不得了，反正就是文学上的一些活动，文坛信息和动向，某位作家某部新作的成败得失，而很少涉及人事纠葛之类。他似乎对于人际间尤其是文艺人士间的亲疏好恶不感兴趣，常扯到一些文人纠纷时便讷言拗口起来。直到去年我三次去北京，才多了几次接触，然而他都没有提及13年前的那篇文章在什么地方写的。我可真的想不到，他当时竟然如此困窘……

白烨是陕西黄陵县人，黄帝的陵墓在那儿，那儿便得此县名。他的家在山地在平川我至今也不甚了了，距黄帝陵有多远也搞不清，只知道他和我一样是一个纯粹的农民家庭，父母都是以抚弄庄稼获得生存的农民。

白烨很聪明，记忆力超人，念书总是受老师的器重。聪明的脑瓜又兼着一个好性情，在家在校在村子走亲戚，到哪儿都招人喜欢。确凿，他不属于那种在一切场合都张扬自己突出自己的人，也不是另一种阴冷诡谲的人；他热情开朗坦诚，在重要和不重要的场合随意找个空位就座，只是坦诚地说出自己的意见，而不期望压倒所有意见，不见霸道而多了些文质彬彬，不想成为话题中心反而容易让人回味他的观点。

他的人缘好，主要因了他的性格好。讨大人喜欢也得同伴们喜欢，也讨一个洋娃娃女子的喜欢。这女子是当时上山下乡插队锻炼到黄陵的北京知青，由一般喜欢到二般三般深深钟情，再到爱死爱活非白烨不嫁的如痴如傻的程度……

她后来成为他的妻子。

白烨后来到陕西师范大学念书，毕业后留校任教。她后来招工到了西安的铁路系统，随后调到北京附近。白烨随后也调进北京，在中国社会科学出版社做编辑。他们的生活里很快排除了假大空，留存下来的就只剩下真诚。她骄傲自信自己比伯乐还眼尖手快，认准了白烨也抓住了白烨无怨无悔，白烨总是陶醉于她过去的温情和现在的贤惠，而且温情不减。

初到北京，白烨除妻子一家人外再没有亲朋好友。住就凑合在岳父母家里，那是一个胡同里的小杂院内的小屋子，住着一大家人。拥挤到什么程度无法细述，反正给他连支一张小茶几铺稿纸的地方也没有，于是就把书桌摆到街巷里。书桌其实只是一个四方形的兀凳，座椅便只能是一只小马扎，这套行头简单轻便，易于搬出来也易于搬回去。照明设备是高悬在电杆上的昏黄的路灯。关键是得耐心等待时机，等到巷道胡同里那些纳凉的大爷大娘侃够了闲话抱着茶壶瓷缸走回各自的小院，奔跑耍闹的孩子疯够了闹够了像鸟雀一样回归窝巢，骑车往来的过路人由稠到稀再到零三稀四，白烨才能搬出兀凳马扎在电杆下摆置开来，摆开舞文弄墨作文作论的架势。其时，夜已深沉，五月的温馨的风抚摸他的脸颊和肌肤，而他已经进入一种艺术的思辨之中。

五月北京深夜的电杆路灯下，坐着一位未来的文学评论家白烨，在做文章。

白烨是黄帝陵墓下的古老臣民的后裔，是北京的女婿。按陕西关中乡俗，娶了这个村的媳妇，便是整个村子的女婿。白烨是整个北京的女婿。

一篇万言的评论文章在电杆下起草、修改，直到抄写整齐，我不知道他在电杆下持续了多少个夜晚，而且肯定要受到譬如刮风下雨，譬如突发事件的干扰，也真是难为他了。直到现在，作家和社会都在呼吁给知识分子以较好的工作和生存条件，譬如白烨不能永远在电杆路灯下写文章。我的一位朋友的20多万字的长篇小说，草稿和修改稿都是在两三平方米的厕所里干完的，同样是住室容不得他安一张书桌。然而我又反过来想，关键还是肚里得有货。蚕儿没有簇可上时便把茧子结到墙上，母鸡下蛋找不到窝时可以随便下到地上，作家肚里有文章找不到桌子便扑马路进厕所，是肚里有货要倒出来。肚里没货的蚕和鸡和作家，即使安置到五星级宾馆即使坐进金銮殿，照样拉不出丝下不出蛋写不出文章来。

无论如何，电杆路灯下奋笔疾书的白烨，算得古老而又现代的北京熙熙攘攘花花绿绿中的一道风景。

这是年轻白烨的一段小小的鲜为人知的插曲，而更具一种学人奋斗精神风貌的事，便是在这更困窘的一年里，他除去上班完成自己的工作任务外，利用一切休息和空暇时间奔图书馆。他所工作的单位从调入的头一天起就给他形成一种威压，中国社会科学院这样的大学府，无疑是各路学问大家聚集之地，他立即意识到自己需要进行基础工程建设。其实何止高等学府，在任何单位任何场合，都是容不得浅薄者半瓶子醋的。问题在于个人自学的迟早和程度，我们并不少见那种到处夸夸其谈的半瓶子醋式的人。有了这种自觉便获得了最原始的攀缘的策动力。白烨读过多少书已经很难算计了，最具意义的是，他把马、恩、列、斯的全部著作研读完毕，而且作了十几万字的笔记。他的记性之好令人惊异也令人妒羡，一些专搞马列理论研究的人常常为一个论点或一句“语录”而找不到出处，或者搞不清记不全原文，便问询白烨。白烨便一口报出在某一卷的某一篇文章里，如翻查一下卡片，连页码也准确无误地报将出来。他可以说是一部马列著作的“活字典”。

十余年里，常常在报纸刊物上看到他的名字，虽然不能见面，读到他的文章，便有一层了知，知道他又读了一本什么好书，研究过某个作家的作品或某一种文学现象。看到他的论述和观点，也常常受到启示。就整个印象而言，他似乎没有极端的言语，没有在赞赏某种流派的同时，就以不同流派或主义的作品为牺牲对象，甚至连生存一刻的宽限也不给。我常常想到他对各种文学现象文学样式的冷静和宽容，便想到这可能不只是他的性情好或人格修养好，恐怕主要出于他对艺术创造的深刻理解，而这种理解又得之于艺术眼界的宽泛开阔。一个艺术视野狭窄到只能看见自己的笔尖所画的那几条墨痕的人，自然很难容纳别一支钢笔所画的墨痕。艺术视野的开阔首先得之于阅读的广泛，对于近代、当代中国文学和世界文学的了解，才可能使人悟觉，自己的笔所画的墨痕值得一赏，前人和今人也同样画出了诸多有赏析价值的墨痕。白烨对许多文学现象的评价和前景观瞻，多数都被急骤变幻发展的文坛现实所证实。这可不是算卦问卜。

虽然相识多年，直到去年九月我才第一次到白烨家里去。我一般不大愿意去朋友家里，扰乱了一家人的生活秩序。然而这一次却是我主动要去的，儿子刚刚到陌生的北京上学，总怕出点什么事而鞭长莫及，让儿子认下他的家门，万一有什么急事也好有个大人给出出主意帮帮忙。

按照他在电话里的指点，倒是顺利地找到那条胡同和那个院子的大门，进大门以后反倒六神无主了。那么一个深宅大院，那么多曲里拐弯的岔口岔道，每走一个岔口就得问人：找白烨该当向左还是向右，好笑竟是一路向右拐。直到走到他家门口还在问路，倒是他在屋里听见我的声音便蹦了出来。我却释然慨叹：“下次来下下次来照样还得问路！”

两小间平房。房子很低矮，扬起手就可以摸到檐瓦，然而墙是水泥和砖头砌成的，成色还有几成新，算不得古老。整个屋子里，三面墙壁都摆置着书架，中间仅留一条小甬道，俩人并肩走过去就摩肩接踵。只在靠着门口的两扇小窗下摆着一张小书桌。我马上猜想到这张恰尺等寸的小书桌，肯定是事先量过剩余的地方让木工师傅制作的。

这就是文人学士们所习惯戏称的“斗室”。他就在这张小桌上抒写一篇又一篇论文。我忽然又想起肚里有货无货的蚕和母鸡来，有货便可以就着这张小桌如行云流水般倾泻于笔端，无货则干瞪眼，住什么房子摆怎么阔的桌椅都帮不上屁忙。白烨却是一副上中农自满自足的笑脸：“不错了不错了，能有一张桌子一个窝铺真不错了！”而且补充说，单位正在盖住宅新楼，可望分到一套。由此又忆及刚到北京时挤住岳丈家的困窘：“现在真是不错不错了！”

不单是他工作在政治经济文化中心北京，他的阅读之广泛视野之开阔信息之敏锐是大家公认的，所以见面时总想听他说点新鲜话题。我常玩笑问他，文坛又插出什么新旗帜了？或者说，哪个主义领着风骚了？他便侃侃而谈。这回坐下喝茶，我便问起刚刚公布的1993年诺贝尔文学奖得主莫瑞森。除了报纸上简单到可谓勤俭节约楷模的片言只语的介绍，我对托尼·莫瑞森一无所知，似乎以往对她的著作评价介绍得本来就相当少，更不要说阅读她的作品了，白烨便介绍莫瑞森的生平著作略要，顺手从书架上抽出一本薄薄的小册子，是托尼·莫瑞森的长篇小说《秀拉》中译本。这是一部13万字的长篇小说，就是白烨供职的社会科学出版社出的书。

这天中午我们在他家吃的素包，喝的小米稀饭，这是我事先预约好了的。北京沙滩小巷道里的小米粥五毛钱一小碗，贵且不说，对西北主产的小米卖上好价钱，心里竟有一种阿Q式的自豪。关键在于那些小铺店的脏乱，一瞅就令人心悸，所以便跃跃然要求一碗小米粥喝。白烨夫人许是在黄土高原插队时学下了手艺，烧熬的小米稀饭是再好不过了，稀稠合宜软硬适度，一种纯属于粮食自身的香味特别可口，素包也好吃极了……白烨便大笑：穷命薄命，吃家常饭比吃国宴还来劲！

从小居出来，我就有一种酒足饭饱的慵懒，在异国被洋餐搞倒弄败了的胃口一下子复原了。我们到旅馆坐下喝茶，他因酒力而脸泛红光，侃侃而谈，腰里的BP机不时鸣响。他便不厌其烦地去回电话。他精力充沛，善与人交善与人处，思维敏捷，也很精明，许多文学朋友的麻烦事都乐于和他商量，他往往能做出最清醒的判断，能找到最恰当最妥帖的处理办法……

相交既久，便见善心。文章写到这里，依然觉得是有感有觉而难下结论概括白烨，似乎还是评论家李星的概括形象准确：白烨这熊是老少皆宜，男女皆宜……

1980年夏天的一顿午餐

一

一顿午餐，留下两个人半生的记忆。这两个人，一个是作家刘恒，一个是我。

2006年11月中旬在北京召开的中国作家协会第七次全国代表大会期间，在堪称豪华的北京饭店的过厅里，我和刘恒碰见了、相遇了，几年不见，他胖了，头发却稀疏了。心想着按他的年纪，头发不该这么稀，眼见的却稀了。对视的一瞬，都伸出手来握到一起。没有热烈的问候，也没有搂肩捶胸的亲昵举动，他似乎和我一样不善此举。刚握住手，他便说起那顿午餐，在我家乡的灞桥古镇上吃的那一碗羊肉泡馍。正说间，围过来几位作家朋友，刘恒着意强调是站在街道边上吃的。我说是的，一间门面的小饭馆容纳不下汹涌而来的食客，就站在饭馆门外的街道上吃饭，站着还是蹲着我记不清了……

这是1980年夏天的事。

这年的春节刚刚过罢，我所供职的西安郊区随区划变更为雁塔、未央和灞桥三个区。我的具体单位郊区文化馆也分为三个。我选择了离家较近的灞桥区文化馆，为着关照依赖生产队生活的老婆孩子比较方便，还有自留地须得我播种和收割。刚刚设立的灞桥区缺少办公房舍，把文化馆暂且安排到距离区政府机关近十里远的灞桥古镇上。这儿有一家电影院，用木材和红瓦建构的放映大棚，据说是1958年“大跃进”年代兴建的文化娱乐设施，地上铺的青砖已经被川流不息的脚步踩得坑坑洼洼了，既可见久远的历程，更可见当地乡民观赏电影的盛况。放映棚后边，有一排又低又矮的土坯垒墙的平房，是电影放映人员工作和住宿兼用的房子，现在腾出一半来，给我等文化馆干部入住，同时也就挂出一块灞桥区文化馆的白底黑字的招牌。我得到一间小屋，一张办公桌、两把椅子和一块床板，都是公家配备的公物，一只做饭烧水的小火炉是自购的私家财物，烧煤是按统购物资每月的定量，到3里外的柳巷煤店去购买。我那时已官晋一级，兼着区文化局副局长，舍弃了区政府给文化局分配的稍好的办公室，选择了和文化馆干部搅和在一起。我喜欢古人折柳送别的这个千年老镇，一缕温情来自桥南头的高中母校，三年读书留下的美好记忆全都浮泛出来了；另一缕情思或者说情调，来自职业爱好，多年来舞文弄墨尽管还没弄出多大的响声，尽管生活习性生活方式和当地农民差不了多少。而文人的那些酸不酸甜不甜的情调却顽固地潜在着，诸如早春到刚刚解冻的灞河长堤上漫步，看杨柳枝条上日渐萌生的黄色嫩芽，夏日傍晚把脚伸进水里看长河落日的灿烂归于模糊，深秋时节灞河滩里眼看着变得枯黄的杂草野花，每逢集日拥挤着推车挑担拉牛牵羊的男女乡民，大自然在这个古镇千百年来周而复始地演绎着绿了、枯了、暖了又冷了的景致。刚跨入20世纪80年代的古镇周边的乡民在这里聚集，呈现出从极左律令下刚刚获得喘息的农民脸上的轻松和脚下的急迫，我常常在牛马市场、木材市场和小吃摊前沉迷……我觉得傍着灞河依着一堤柳绿的古镇灞桥，更切合我的生活习性和生存心理。

刘恒突然来了。是我在这个古镇落脚扎铺大约半年后。1980年正值酷暑三伏最难熬的季节，一个高过我半头的小伙子走进电影院后院的平房，找我，自我介绍是《北京文学》的编辑。我在让座和递茶的时候，心里已不单是感动，更有沉沉的负疚了。古镇灞桥通西安的13路公交汽车，那时候是一小时一趟，我每逢到西安赶会或办事，在车上前胸后背都被挤拥得长吸粗吁；汽车在坑坑洼洼的沙石路上左避右躲，常常抵不上小伙子骑自行车的速度。这是唯一的公共交通设施，别无选择，出租车那时还没有进入中国人的生活。刘恒肯定是冒着燥热乘坐西安到城郊的这班公共汽车来的，而且是从北京来的。我的那间宿办合用的屋子，配备两把椅子，超过两个来客我便坐在床沿上，把椅子让给客人，沙发在那时也是一个奢侈的名词。刘恒便坐在另一把椅子上，喝我递给他的粗茶。他说他来约稿。他似乎说他刚进《北京文学》做编辑不久。他说是老傅让他来找我的。说到老傅，我顿然觉得和近在咫尺的这位小伙子拉得更近了，距离和陌生感顿然大部分化释了。

二

老傅是傅用霖，年龄和我不相上下，还不上四十，大家都习惯称老傅，而很少直呼其名，多是一种敬重和信赖，他的谦和诚恳对熟人和生人都发生着这样潜在的心理影响。我和他相识在1976年那个在中国历史上不会淡漠的春天。已经复刊出版的《人民文学》杂志约了8名业余作者给刊物写稿，我和老傅就有缘相识了。他不住编辑部安排的旅馆，我和他也就只见过两回面，分手后也没有书信来往。1978年秋天我从公社（乡镇）调到西安郊区文化馆，专注于阅读，既在提升扩展艺术视野，更在反省和涮涤极左的思想和极左的艺术概念，有整整3个月的时间，完全是自我把握的行为。到1979年春天，我感到一种表述的欲望强烈起来，便开始写小说，自然是短篇。正在这时，我收到老傅的约稿信。这是一封在我的创作历程中都不会泯灭的约稿信，在于它是第一封。

此前在西安的一次文学聚会上，《陕西日报》长我一辈的老编辑吕震岳当面约稿，我给了他一篇《信任》。这篇6000字的小说随之被《人民文学》转载（那时没有选刊，该杂志辟有转载专栏）。到1980年年初被评为第二届全国短篇小说奖。老吕是口头约稿。我正儿八经接到本省和外埠的第一封约稿信件，是老傅写给我的，是在中国文学刚刚复兴的新时期的背景下，也是在我刚刚拧开钢笔铺开稿纸的时候。我得到鼓舞，也获得自信，不是我投稿待审，而是有人向我约稿了，而且是《北京文学》杂志的编辑。对于从中学就喜欢写作喜欢投稿的我来说，这封约稿信是一个标志性的转折。我便给老傅寄去了短篇小说《徐家园三老汉》，很快便刊登了。这是我又写作并发表的第三个短篇小说。直到刘恒受他之嘱到灞桥来的时候，我和他再没见过面，却是一种老朋友的感觉了，通信甚至深过交手。

三

我和刘恒说了什么话，刘恒对我说了什么话，确已无从记忆。印象里是他话不多，也不似我后来接触过的北京人的口才天性。到中午饭时，我就领他去吃牛羊肉泡馍。这肯定是作为主人的我提议并得到他响应的。在电影院我住所的马路对面，有镇上的供销社开办的一家国营食堂，有几样炒菜，我尝过，委实不敢恭维。再就是8分钱的素面条和1毛5分钱的肉面条。我想有特点的地方风味饭食，在西安当数羊肉泡馍了。经济政策刚刚松动，我在镇上发现了头一副卖豆腐脑的挑担，也过了久违的豆腐脑口瘾；紧跟着就是这家牛羊肉泡馍馆开张，弥补或者说填充了古镇饮食许久许久的空缺。这家仅只一间门面的泡馍馆开张的炮声刚落，在古镇以及周围乡村引起的议论旷日持久，波及一切阶层所有职业的男女，肯定与疑惑的争论互不妥协。这是1980年特有的社会性话题，牵涉到两种制度和两条道路的争议。无论这种争议怎样持续，牛羊肉泡馍馆的生意却火爆异常，从早晨开门便拨旺昨夜封闭的火炉，直到天黑良久，食客不仅盈门，而且是排队编号。呼喊着号码让客人领饭的粗音大响，从早到晚响个不停。尤其是午饭时间，一间门面四五张桌子根本无法容纳涌涌而来的食客，门外的人行道和上一阶土台的马路边上，站着或蹲着的人，都抱着一只大号粗瓷白碗，吃着同一个师傅从同一只铁瓢里用羊肉汤烩煮出来的掰碎了的馍块。

我领着刘恒走出文化馆所在的电影院的敞门，向西一拐就走到熙熙攘攘吃着喊着的一堆人跟前。我早已看惯也习惯了这壮观的又是奇特的聚吃景象，刘恒肯定是头一回驾临并目睹，似不可想象也无所适从吧。我早已多回在这里站着吃或蹲着吃过，便按着看似杂乱无序里的程序做起，先交钱，再拿七成熟的烧饼，并领取一个标明顺序数码的牌号，自然要申明“普通”或“优质”，有几毛钱的差价，有两块肉的质量差别。我招待远道而来的贵宾刘恒，自然是肉多汤肥的“优质”。那时候中国人还没有肥胖的恐惧，还没有减肥尿糖抽脂刮油等富贵症，还过着拿着肉票想挑肥膘肉还得托熟人走后门的光景。我便和刘恒蹲在街道边的人行道上，开始掰馍，我告诉他操作要领，馍块尽量小点，汤汁才能浸得透，味道才好。对于外来的朋友，我都会告知这些基本的掰馍要领，然而这需得耐心，尤其是初操此法者，手指别扭，掐也罢掰也罢往往很不熟练。刘恒大约耐着性子掰完了馍，由我交给掌勺的师傅。

我和刘恒就站在街道边上等待。我估计他此前没经历过这种吃饭的阵势，此后大概也难得再温习一回，因为这景象后来在古镇灞桥也很快消失了，不是吃午餐的人减少了，而是如雨后春笋般接连开张的私营饭馆分解了食客，单是泡馍馆就有四五家可供食客比对和选择；反倒是那些刚刚扔下镰刀戴上小白帽的乡村少男少女，站在饭馆门口用七成秦腔三成京腔招徕笼络过往的食客。

四

几年之后，我有幸得到专业作家的资格，可以自主支配时间，也可以不再坐班上班，自我把握和斟酌一番，便决定撤出古镇灞桥，回归到灞河上游白鹿原下祖居的老屋，吃老婆擀的面条喝她熬烧的包谷糁子，想吃一碗羊肉泡馍需得等到进城开会办事的机会。

住在乡下，应酬事少了，阅读的时间自然多了，在赠寄的一本杂志上，我发现了刘恒，有一种特别兴奋的感觉。随之又读到了《狗日的粮食》，我有一种抑压不住的心理冲动，一个成熟的禀赋独立的作家跃到中国文坛前沿了。每与本地文学朋友聊起文学动态，便说到《狗日的粮食》，也怀一份庆幸和得意，说到在灞桥街头站着或蹲着招待刘恒的那一碗泡馍，朋友听了不无惊诧和朗笑，玩笑说，你把一个大作家委屈了。我也隐隐感到，便盼着有一天能在西安最知名的百年名店“老孙家泡馍馆”招待一回，挽回小镇站吃的遗憾。

这时候不仅公家有了列项的招待款，我个人的稿酬收入也水涨船高了，况且“老孙家”也得了刘华清题写的“天下第一碗”的真笔墨宝，店堂已是冬暖夏凉和细瓷雕花碗的现代化装备了，我在这儿招待过组团的兄弟省作家和单个来陕的作家朋友，却遗憾着刘恒。刘恒似乎不大走动，似乎除了一部一部引起不同凡响的作品之外，再没有其他逸事或作品之外的响动。我能获得的信息，都是他的作品所引发的话题。这样，刘恒在中国文坛的姿态，便在我心里形成了，让我无形中形成了敬重，不受年龄的限制。敬重不在年龄。

从1980年夏天初识于我的灞桥，街道边的一顿午餐，成为我们20多年深刻的记忆。这期间，我和刘恒大约有两三次相遇，每当见面握手，便说到街头的那顿午餐，一碗牛肉或羊肉泡馍。以我推想，随着经济快速发展，也随着作家腰包的不断填充，大餐、小餐、中餐、西餐乃至豪华宴会，他和我都经历过了。在他，起码我没听见对某一顿大餐的感受；在我，即使吃过什么稀罕饭菜，稀罕过后也就不稀罕了。灞桥街头的这一顿牛羊肉泡馍，之所以让两个人经久不忘，我想在于这情景发生的年代——1980年夏天，中国新的发展契机初露端倪时的一个标志性的年份，第一家私营饭馆在古镇灞桥张扬出来时的特有景观；另一因由在于这碗牛羊肉泡馍，标记着那个年月的我的消费水平，自参加工作18年第一次涨薪，拿到45元月薪了，大约发表了10多篇小说，累计有1000多元的外快稿酬了，可以请本地和外埠的朋友吃一餐泡馍了；还有一点在于，蹲或站在街道上吃泡馍的这两个人，后来都成了有点名气的作家，一个在北京，一个还在关中。这似乎才是造成记忆不泯的关键，作家微妙的生活感受；此前此后我陪过老朋友新相识包括乡村亲邻等都吃过，过后统忘记了；唯有作家不会忘记，我记着，刘恒也记着。

这回在北京饭店和刘恒握手，他开口便说起这顿牛羊肉泡馍午餐。笑罢，我突然想到，这顿街边的午餐已成为一种情结，也成为一种警示，在我千万别弄出摆显“贵族”的嗲来，当下这种发“贵族”的嗲气小成气候，那样一来，刘恒可能不再说1980年夏天古镇灞桥的午餐，也不屑于和我握手了。

别路遥

我们不得不接受这样的事实，无论这个事实多么残酷以至至今仍不能被理智所接纳，这就是：

一颗璀璨的星从中国文学的天宇间陨落了！

一颗智慧的头颅终止了异常活跃异常深刻也异常痛苦的思维。

这就是路遥。

他曾经是我们引以为自豪的文学大省里的一员主将，又是我们这个号称陕西作家群体中的小兄弟。他的猝然离队使得这个整齐的队列出现一个大位置的空缺，也使这个生机勃勃的群体呈现寂寞。当我们——比他小的小弟和比他年长的大哥，以及更多的关注他成长的文学前辈们——看着他突然离队并为他送行，诸多痛楚因素中最难以承受的是物伤其类的本能的悲哀。

路遥从中国西北的一个自然环境最恶劣也最贫穷的县的山村走出来，为中国当代文学的繁荣创造了绚烂的篇章。这不单是路遥个人的凯歌。它至少给我们以这样的启迪，我们这个民族所潜存着义无反顾的进取精神和旺盛而又强大的艺术创造力量。路遥已经形成的开阔宏大的视野，深沉睿智的穿射历史和现实的思想，成就大事业者的强大的气魄，为实现理想的坚忍不拔和艰苦卓绝的耐力，充分显示出这个古老而又优秀的民族最优秀的品质。

路遥密切地关注着生活演进的艰难进程，密切地关注着整个民族摆脱沉疴复兴复壮的历史性变迁，以及由此而产生的巨大痛苦和巨大欢乐。路遥并不在意个人的有幸与不幸，得了或失了，甚至包括伴随他的整个童年时期的饥饿在内的艰辛历程。这是作为一个深刻作家的路遥与平庸文人的最本质区别。正是在这一点上，路遥成为具有独立思维和艺术品格的路遥。

路遥短暂的“人生”历程中，躁动着炽烈的追求光明追求美好健全社会的愿望，他没有一味地沉默也不屑于呻吟，而是挤在同代人们中间又高瞻于他们之上，向整个社会和整个世界揭示这块古老土地上的青春男女的心灵的期待，因此而获得了无以数计的青春男女的欢呼和信赖。他走进他们心中。

路遥的精神世界是由普通劳动者构建的“平凡的世界”，他在当代作家中最能深刻地理解这个平凡的世界里的人们对中国意味着什么。他本身就是这个平凡世界里并不特别经意而产生的一个，却成了这个世界里人们精神上的执言者。他的智慧集合了这个世界的全部精华，又剔除了母胎带给他的所有腥秽，从而使他的精神一次又一次裂变和升华。他的情感却是与之无法剥离的血肉情感。这样，我们才能破译长篇小说《平凡的世界》里那深刻的现代理性和动人心魄的真血真情。路遥在创造那些普通人生存形态的平凡世界里，不仅不能容忍任何对这个世界的过去和现在、历史和现实的解释的随意性，甚至连一句一词的描绘中的矫情和娇气也决不容忍。他有深切的感知和清醒的理智，以为那些随意的解释和矫情娇气的描绘，不过是作家自身心理不健康不健全的表现，并不属于那个平凡世界里的人们。路遥因此获得了这个世界里数以亿计的普通人的尊敬和崇拜，他沟通了这个世界的人们和地球人类的情感。这是作为独立思维的作家路遥最难仿效的本领。

我们无以排解的悲痛发自最深切的惋惜。43岁， 个刚刚走向成熟的作家的死亡意味着什么。本来，我们完全可以自信地期待，属于路遥的真正辉煌的历程才刚刚开始。我们深沉的惋惜正是出自对一个文学大省一个国家和民族的文学事业的无法弥补的损失。一切已不能挽回于万一。所以期待即使是自信的有把握的，也都在1992年11月17日那个早晨被彻底粉碎了，然而，我们就路遥截止到1992年11月17日早晨8时20分的整个生命历程来估价，完全可以说，他不仅是我们这个群体而在更广泛的中国当代中青年作家中，也是相当出色相当杰出的一个。就生命的历程而言，路遥是短暂的；就生命的质量而言，路遥是辉煌的。能在如此短暂的生命历程中创造如此辉煌如此有声有色的生命的高质量，路遥是无愧于他的整个人生的，无愧于哺育他的土地和人民的。

以路遥的名义，我们寄望于每一个年轻或年长的弟兄，努力创造，为中国文学的全面繁荣而奋争。只是在奋争的同时，千万不可太马虎了自己——这肯定也是路遥的遗训。

路遥同志，你走完了短暂而又光辉的“人生”之旅，愿你的灵魂在“平凡的世界”里的普通劳动者中间和他们赖以生存的土地上得到安息！

㈤ 游侠少年，又见长安

到那时我将会是一个幽灵，
邀上也许还健在的潘向黎，
去观赏咸阳原上超现代的
游侠少年的风姿，
当是一种慰藉。

1983年秋天在灞河

秋收秋播时节，我住在丰饶的渭河平原东南边沿的塬坡地区——灞河川道里，沿着河川公路走过去，穿过一个个稠密的大大小小的村庄，走到哪里都能看到，满树满墙吊挂着剥光了衣壳的黄灿灿、白生生的包谷棒子。一座座庄稼院的檐墙和背墙上，木橛上挂着一串串包谷；前院和后院的白杨树、榆树和椿树的树杈上，围垒着或悬吊着包谷棒子；在临近两棵树杈间横架一根木椽，包谷棒子像珠帘一样凌空垂吊着，构成一幅奇致的蔚为壮观的景象。

这是庄稼人储藏刚刚收获回来而尚未干透的包谷的临时措施，倒像是搞包谷丰收展览似的。无论如何，这种景象在我是稀罕的。农民对于粮食的珍惜之情已经远远超越了爱物的范围，而作为一种道德的规范了。一家农户储藏粮食的数量，作为一种家庭秘密，大约不亚于任何军事情报，任何人很难准确探知谁家究竟有多少粮食储存。这是以往的乡村生活给我留下的印记。1983年的秋末，我走进任何一个熟悉的村庄，不用打问，一家农户的包谷储存数量，就展示在墙上和树杈上，随意去估计好了。对于粮食储存量的秘密自然地打破了，农家也没有必要闪烁其词，用时兴的话说，农民不怕“冒富”“露富”。

我到塬坡上的一个小村庄去。道路泥泞，砍倒的谷秆摊摆在坡地上，被雨水淋得变成灰黑色。阴雨绵绵，河口刚露出一抹云霞，又被云雾笼罩着，看来一时晴不了。

我记起这样一件事来——

我在这个公社工作的时候，有一年秋后，到了唐家村，坐在中年队长家的两间厦屋里，隔着一张方桌，坐着说话。他递给我一缸开水，并不介意地说：“没有茶叶。”我喝着开水，和他聊着冬季农田水利建设的事，无意间一抬头，看见厦屋的木楼上，架放着一堆包谷秆。像包谷秆子这样的柴禾，庄稼人在掰过包谷棒子以后，从地里尽快地清理干净，堆放到地头的渠沿上，摞靠在树棵周围，待到冬天干透了，再拉回场院里，当作柴火，烧饭或者煨炕，也有当作粗饲料粉碎以后喂猪的，并不是什么值得珍惜的宝物。这位队长把包谷秆子藏在楼上，我觉得奇怪而且有点好笑了。

“这些包谷秆子，你也把它藏到楼上，不怕劳神吗？”我笑着问。

“喂猪哩！”他挺认真地说，“放到露天，雨淋雪捂，就霉坏咧！”

“那……你这一间小楼上，能存多少嘛！”

“嗨！说起来你不信，这是我今年秋里分下的全部柴火。”他咂着旱烟袋，不好意思地笑笑，难为情地说，“就这一点儿，不敢糟蹋，才放到楼上，凭它喂猪哩……”

少得令人难以置信，我的心在微微颤栗。这样的木楼，是关中农民传统的囤放小麦的地方，并不是堆放柴火的，现在只能储存包谷秆子了。可以料想我们的农民缸里能有多少粮食储备。

为了这个不能抹掉的记忆，我今天专门来寻访他，不巧，他赶集卖羊去了。站在他家门外的场塄上，可以看见庄前屋后的树杈上，挂满了包谷串子；小山似的包谷秆子，堆放在猪圈旁边。他的女人担水回来了，几年不见，自然显得老了一些，招呼打过，就说起家常来。

“吃是吃不完了，能吃多少呢？”她笑着说，“一年到头，纯一色的麦面；不吃包谷了，只喝包谷糁糁。”

我并不惊奇，却不由得瞅瞅那储藏过包谷秆子的木楼，现在摆着一排瓷瓮和瓦缸，她说那里全都装着麦子。厦屋里靠墙栽着四只废旧的铁皮汽油桶，也是装着麦子。木柜，瓦瓮，铁桶，全都被麦子装满了，包谷没有存放的器具，只好挂到墙上和树杈上去。

“一年四季，净吃麦子，咱而今比地主的生活还高咧！”

“白馍夹油辣子”，是这里的农民对理想中的生活水准的形象化描绘。“一年四季，净吃麦子”，就是这个地区1983年秋天的农民的生活水平。这个水平，不算太高，较之牛奶加面包还有相当一段距离，可是农民已经十分满意了。

我在河川里的一个较大的村子里，遇见一位熟识的队长。他神秘地问我："你在粮店有认识的熟人没有？我想卖超购粮，粮店不收！"

超购粮比一般购粮价格高百分之四十，他想为社员多卖点钱。粮店因为储藏设备有限，不予收购，于是就出现了卖超购粮要找熟人"走后门"的现象。

"要是能成，我们队卖10万斤。"他口大气粗地说，随之嘿嘿嘿笑了，"那年为求1000斤包谷，你跟我谈了三个晚上……"

他倒记着而且提起这件事来。那一年，上级给公社追加了超购粮任务，公社咬着牙接受了，几经商讨，给他的小队分配了1000多斤包谷超购任务。我找到他的时候，他蹲在初冬的田埂上，甩着手，扭着脖子，四方脸上满是为难的神色："1000来斤包谷，论起不算啥大事，给社员不好交代咯！社员要骂我。"

就为这1000来斤包谷，我跑了三次，说服，劝解，费了九牛二虎之力。

"啊哈！我现在才信了你那年说的话……"

"我说过什么话？"

"你说，有些国家，人家把包谷只当作饲料……"

噢！那一年，就是为那1000斤包谷，我和他闲谝起在粮食已经过关的国家里，包谷这种杂粮已经不作为人的口粮，而只当作饲料用。他带着决然不能相信的神情说："那多可惜呀！怎能这样糟蹋粮食呢？"

"咱们村里，现在也是用包谷喂鸡，给猪追膘，真个只当饲料咧！”他咧着大嘴笑着，很天真的一副得意的神气，“我才信了你说的话。”

生动活泼的生活现实，浅显不过地解决了理论上长期争执不休的问题。

我无法满足他的要求。他有点失望，抱怨说：“国家多建几个粮库怕啥？包谷挂在树上，雨淋老鼠咬……”

渭河平原，连续40多天阴雨，据说是气象史上百年不遇的天气。灞河川道里，黑蒙蒙的云雾终日遮罩着南塬和北岭，空气里弥漫着霉腐的气味。灞河流淌着黄色的泥水，塬坡上的梯田溶水达到饱和状态，许多地方出现了滑坡，田堰垮塌了；到处冒水，糊汤一样的稠泥水从坡沟间倾泻下来，淹泡了河川里的田地，灾情严重。

麦子播不进地里去，而农时节令眼看要耽误了，连阴雨还在淅淅沥沥地下着。塬坡上，河川里，在一踩一陷脚的田地里，农民在冒雨播种小麦。大小机具无法施展威力，全部变成了双手操劳。随处可以看到夫妻、父子以及放秋假回乡的中学生，家眷在农村的国家职工，一人抱一把镢头，在挖泥种麦；有牲畜的农户，勉强用铁犁在泥泞黏糊的田地里划下一道道沟垄，撒下种子。没有办法，自然灾害所致，无法讲求播种的质量了，只要不违节令农时，如期播下种子，冬里和明春加强管理，仍然可以弥补播种的粗放。劳动是沉重的，在这样糟糕的雨季里就更加沉重，但庄稼人的心劲是高涨的，把希望的种子终于埋进土地里去了。

在这条熟悉的河川里，走到哪里，我感到充实和振奋。无须只把眼光盯着为数不多的“万元户”，以为只有他们才能说明我国农村经济变革的意义，也无须因为仍有一些新出现的问题而摇头摆手。生活毕竟发生了深刻的变化，生活前进了。

民间关中

打开中国历史教科书，便打开了关中。便走进关中。便陷入关中。在历史的烟云里走了几千年，仍然走不出关中。

我从蓝田猿人快活过的公王岭顺灞河而下不过五十余公里，便踏入姊妹河浐水边上半坡母系氏族聚居的村落，大约一个小时就走过了人类进化几十万年漫长的历程。我以素心净怀跪拜在人文始祖黄帝陵前的时候，顿然发现开启一个民族智慧灵光的祖先仅仅拥有如此少的一掬黄土。面对周人精美绝伦的青铜制品，无法想象一个火炉如何冶炼得出如此复杂深奥的化学命题。作为周、秦、汉、唐等十三个王朝首都的长安不说也罢，单是东府一个小小的骊山，便可当作一部鲜活的历史来反复咀嚼。

火山骊山窒息死灭之后在山脚留下一汪上好的温泉。这股温泉不经意间浸洇了一个民族的历史教科书。戏弄了诸侯也戏弄了周王朝的骊山上的烽火台尚未火熄烟散，始皇帝就在山脚下修筑地下宫殿以及陶制的禁卫军方阵。短命的秦王朝的惨痛教训，丝毫也不妨碍近在咫尺的温泉里君王和贵妃的人生快活，压根不知百余里外的马嵬坡等待他们演出生死别离的一幕。以上几位在骊山下在温泉里演绎过兴亡故事的角色，似乎谁也没有在得意的时候“注意”到前者在同一地点发生过的“历史经验”。今天，当世界各地的男女涌到骊山下来游逛的时候，未必一定要去“注意”“历史的经验”，却也不至于发出“都是温泉惹的祸”的戏言吧！

一个古老民族的大半部文明史是在关中这块土地上完成的。历史教科书提供的资料，无以数计的遍布地表和地下的历史遗存，无论怎样详实怎样铁定的确凿，却都不可避免时空的隔膜和岁月的阴冷。即如唐墓壁画的女人如何生动艳丽，即如兵马俑的雕像如何栩栩如生，你总也感受不到一缕鲜活。当这些主宰着历史的统治者贪婪一池温泉醉生梦死的时候，关中民间的生活秩序和生活形态是怎样一幅图景？教科书和遗存中几乎无存，我只能看到生活演进到20世纪几十年来关中农村和农民的生活形态。在最近十余年来中国的城市和乡村以前所未有的真实的高速度发展的时候，更多地保存着体现着原有的生活图景生活习俗生产方式或正在加速消亡，更多地浸淫着思想文化以及由此透见的关中人心理形态的戏曲、演唱、歌谣、婚丧礼仪等，都在加剧着变化，加剧着消亡。我在儿时甚至延续到青年时代的许多如牛拉的石磨石碾一类东西早已停转了，即使今天乡村的孩子也不可理解麦子怎样经过石磨变成了面粉。

摄影家胡武功先生无疑是最早敏感到生活的这种变化的先觉者。几十年来追踪生活骤烈的和细微的种种变化，把新与旧的交替留在了自己的心灵底片上。在基本普及了机械收割和脱粒的关中乡村，《光场》的场面已经稀少难见，而这仅仅在十余年前小麦收割上场之前还是遍布关中乡村的生产图像。《麦客》里的麦客也正在消失，这个汉子挥舞镰刀的姿态定格为一个历史的雕像。我可以听见钐断麦秆的脆响，可以感觉到镰刀下卷起的风和微笑，犍牛一样韧劲的脖颈和刀刻一般的口鼻，比任何舞蹈家苦练的舞姿都优美百倍，比任何雕塑大师的金牌雕像都要震撼我心，一种生活原型的自然美是无法取代难以复制的。即将出场的《社火》，梳妆完整只待出门的《新娘》，我在看到一缕羞涩掩饰不住的欣喜的同时，似乎能感知到心跳。《皮影》的幕后操作的架势，《哭坟》里儿女的痛心裂肺的表征，都使我直接感知到生活真实的运行形态，也一次又一次感到真实生动的艺术力量的撞击。

沉重的体力劳动为主的关中乡村生产生活方式正在加剧变化，带有浓厚的地域特质和周秦汉唐文化色彩的民间文化也在悄悄发生变化。从秦代一路犁过来的铁犁终止在小型拖拉机前。被农民挥舞了几千年的长柄镰刀被收割机械代替了。大襟宽裆的衣裤已经被各色流行服装替换。电视把乡村传统的社火、戏曲、木偶、皮影毫不留情地排挤到冷寂的角落，甚至改变着年轻一代的语言习惯。这是一种进步，一种胜利，一种新的文明的生产方式和生活方式。然而，我还是动情于那种替代过程中的差异，一种习惯了的又必须舍弃的依恋，一种交织着痛苦也浸润着温馨的情愫。

敏感而先觉的胡武功朋友，许多年来专心致志于关中乡村的这种生活演变，捕捉到了堪称历史性的告别的生活画面，使我真切地感受到今天民间关中的生产形态和生活形态，感受到在周秦汉唐的古老土地上生活着的关中人的心理形态；肯定为未来的史学家民俗学家包括作家艺术家了解两个世纪交接时代的民间关中，提供了一幅幅最可依赖的原生资料。

我便说，胡武功不仅是敏锐而先觉的摄影家，更是一位富于历史眼光和人文意识的思想者。

永远的骡马市

头一回听到骡马市，竟然很惊讶。原因很直白，城里怎么会有以骡马命名的地方呢？问父亲，父亲说不清，只说人家就都那么叫着。问村里大人，进过骡马市或没去过骡马市的人也都说不清渊源，也如父亲一样回答，自古就这么叫着，甚至责怪我多问了不该问的事。

我便记住了骡马市。这肯定是我在尚未进入西安之前，记住的第一条街道的名字。作为古城西安的象征性标志性建筑钟楼和鼓楼，我听大人们神秘地描述过多少次，依然是无法实现具体想象的事，还有许多街巷的名字，听过多遍也不见记住，唯独这个骡马市，听一回就记住了。如果谁要考问我幼年关于西安的知识，除了钟鼓楼，就是骡马市了。这个道理很简单，生在西安郊区的我，只看见各种树木和野草，各种庄稼的禾苗也辨认无误，还有一座挨着一座破旧的厦屋，一院连一院的土打围墙，怎么想象钟楼和鼓楼的雄伟奇观呢？晴天铺满黄土，雨天满路泥泞，如何想象西安大街小巷的繁华，以及那些稀奇古怪乃至拗口的名字呢？只有骡子和马，让我不需费力不需想象就能有一个十分具体的形象。我在惊讶城市怎么会有以骡马命名的街区的同时，首先感到的是这座神秘城市与我的生存形态的亲近感，骡子和马，便一遍成记。

我第一次走进西安也走进了骡马市，那是20世纪50年代中期，我进城念初中的事。骡马市离钟楼不远，父亲领我观看了令人目眩的钟楼之后，就走进了骡马市。一街两边都是小铺小店小饭馆，卖什么杂货都已无记，也不大在意。只记得在乡下人口边说得最多的戏园子“三意社”那个门楼。父亲是个戏迷，在那儿徘徊良久，还看了看午场演出的戏牌，终于舍不得掏二毛钱的站票钱，引我坐在旁边一家卖大碗茶的地摊前，花四分钱买了两大碗沙果叶茶水，吃了自家带的馍，走时还继续给我兴致勃勃地说着大名角苏育民主演《滚钉板》时，怎样脱光上衣在倒钉着钉子的木板上翻身打滚，吓得我毛骨悚然。

还有关于骡马市的一次记忆，说来有点惊心动魄。史称“三年困难时期”之后的第一年，即1963年冬天，我已是乡村小学教师，期考完毕，工会犒赏教师，到西安做一天一夜旅行。头天后晌坐公交车进城，在骡马市“三意社”看一场秦腔，仍然是最便宜的站票。夜住骡马市口西安最豪华的西北旅社，洗一次澡，第二天参观两个景点，吃一碗羊肉泡馍，大家就充分感受了作为人民教师的光荣和幸福了。唯一令我不愉快乃至惊心动魄的记忆发生在次日早晨。走出西北旅社走到骡马市口，有一个人推着人力车载着用棉布包裹保温的大号铁锅，叫卖甑糕。数九天的清早，街上只有零星来往的人走动。我已经闻到那铁锅弥漫到空气里的甑糕的香气儿，那是被激活了的久违的极其美好的味觉记忆。我的腿就停住了，几乎同时就下定决心，吃甑糕，哪怕日后挨一顿饿也在所不惜。我交了钱也交了粮票。主人用一个精巧晶亮的小切刀——切甑糕的专用刀——很熟练地动作起来，小切刀在他手里像是舞蹈动作，一刀从锅边切下一片，一刀从锅心削下一片，一刀切下来糯米，又一刀刮来紫色的枣泥，全都叠加堆积在一张花斑的苇叶上。一手交给我的同时，另一只手送上来筷子。我刚刚把包着甑糕的苇叶接到手中，尚未动筷子，满嘴里都渗出口水来。正当此时，“啪”的一声，我尚弄不清发生了什么，苇叶上的甑糕一扫而光，眼见一个半大孩子双手掬着甑糕窜逃而去。我吓得腿都软了，才想到刚才那一瞬间所发生的迅捷动作，一只手从苇叶刮过去，另一只手就接住了刮下来的甑糕。动作之熟练之准确之干净利索，非久练不能做到。我把刚接到手的筷子还给主人，把那张苇叶也交给他回收，谢拒了卖主要我再买一份的好意，离开了。卖主毫不惊奇，大约早已司空见惯。关于三年困难时期的诸多至今依然不泯的生活记忆里，吃甑糕的这一幕尤为鲜活。在骡马市街口。

朋友李建宁把一册装潢精美的《骡马市商业步行街图像》给我打开，看着主街次街内街外街回廊街漂亮的景观，一座座既有汉唐风韵又兼欧美风味的建筑，令我耳目一新，心旷神怡，心向往之。勾起对骡马市的点滴记忆属人之常情，也自然免不了世事变迁生活演进文明进步等阅历性的感动和感慨了。

西安在变。其速度和规模虽然比不得沿海经济发达的大城市，然而西安确实在变化，愈变愈美。一条大街一条小巷，老城区与新开发区，老建筑物的修复和新建筑群的崛起，一行花树一块草皮一种新颖的街灯，都使这座同这个民族古老文明血脉相承的城市逐渐呈现出独有的风姿。作为这个城市终身的市民，我难得排除地域性的亲近感和对它变化的欣然。骡马市几乎是脱胎换骨的变化，是古老西安从汉唐承继下来的无数街区坊巷变化的一个缩影。我最感动的是“骡马市”这个名字，从明朝形成延续到清代，都在繁荣着从事骡马交易的特殊街坊，把农业文明时代的城市和乡村的脐带式关系，以一个骡马市融会贯通了。

无论西安日后会亮丽到何种状态，无论这个骡马市会亮丽到何种形态，只要保存这个名字，就保存了一种历史的意蕴，一种历史演进过程中独有的风情和韵味，而没有谁会较真，真要牵出一头骡子或一匹马来。

哦！骡马市。永远的骡马市。

俏了西安

西安俏了。俏得让那些老西安人常常发出喟叹：噢、噢、噢，这条大街就是早先那个鸡肠子似的巷子嘛！啥时候修得这么宽敞……人们在新的城市格局的每一个路口或每一座新的建筑物面前，总是忍不住钩沉昨天的记忆，这种喟叹便浸润着生活进步社会变迁的历史性韵味了。

急骤的变化仅仅是十余年间的事。

我是80年代初从灞桥区调入省作家协会的，作协所在的建国路还算得上一条比较宽大的街道，那时候隔五六分钟才过一辆卡车或小车，行人可以悠闲地在街道上晃荡，孩子在马路中间嬉戏，甚至有人在街道中间打羽毛球。而今要横过马路需得左顾右盼以至焦灼等待，几乎首尾相接的机动车从早一直流到深夜。

当年，整条建国路上只有一家食堂，在西南十字路街口，市商业系统下属的一家国营食堂，卖素面和肉面，还卖羊血泡馍，啤酒是散装的，两毛钱一碗，碗是粗瓷黄釉的大号老碗。已是专业作家的我仍住在乡下，每逢奉召回作协开会，中午便在这里花两毛钱买一碗羊血一毛钱买两个烧饼，奢侈时再加一碗啤酒，五毛钱下了一回馆子，心满而意足。那时候的工资是五六十块钱，收入和消费正好合适。几年间，这条街上高档酒店和风味小吃店竞相开张，门面也越换越新，灯光亦越换越亮，价钱自然也是越换越高，然而食客仍然涌现不断。那家卖羊血泡馍的低矮的食堂作坊早已被高楼所代替，刘家兄弟开了家令人忍不住冒险欲望的蝎子酒宴。民航售票处、证券交易厅门前，如涨潮和退潮的人群标示着股票行情和股民的忧欢……无论如何，在我喝着大碗啤酒嚼着大碗羊血泡馍的那几年里，无法料知蝎子会作为美味佳馔摆上餐桌，更无法料知股票会在我们的社会生活中牵扯人们的忧欢。

如果再沿着记忆之河溯流而上，我记得70年代中期以前的西安四条大街上，骡马拉的大车畅行其道，只要求每匹牲畜的屁股下设置一只接纳粪便的布兜，而尿是可以任意撒的。再追溯到50年代中期，我在东关读初中的头年冬天，每到傍晚，铺天盖地的乌鸦在天空盘旋，凄丧的叫声令人毛骨悚然，蹲在操场上晚餐的学生们，常常会被从天而降的排泄物所击中，或头上或身上或饭碗菜碟里。这些乌鸦夜栖在东门城楼层叠的木檐下，天明又飞到城外去觅食了。那时候的东门城楼漆彩剥蚀，塌檐断瓦，像一个风烛残年衣履残破的老人。

我现在的住地就在东门内，看着这门楼重新抖出威风重新焕发新姿重新现出昔日（始建时）的雍容和气度，往往忍不住感慨，十余年间西安人做了多少大事，五十年本来又应该做成多少大事。正在发展的生活和已经逝去的历史才是透视一切的镜子。

大约是十年前，我在西安出的一家报纸上看到过一篇北京一位作家写的西安印象的文章，有一个令我吃惊的观点。他看到西安端南正北端东正西以钟楼为中心的四条大街，以及西安井字形的街路布局，便大发感慨，说端直的道路客观上造成了西安人的思维的简单，直戳端出不会拐弯亦不会多向思维，是西安包括经济、文化等诸方面滞后的原因。

就我有限的阅历，中国的城市凡是建筑在平原上的，无论古都还是新城，大都是井字交叉的大街或小巷，似乎没有哪个城市的创始者为了表示思维的多维性和多向性，故意把大街或巷道多拐几道弯儿。贵阳、重庆那样的山城受地貌的限制自不能作佐证，上海和天津的弯曲街路多是租界地里的洋人们按照自己的势力范围制造的畸形，是中国人的不大愉快的一块旧疤，恐怕也很难牵强到多向思维这个话题上头来。

我便和朋友调侃，以西安端直的街路而判定西安人属端直思维的人，其思维的简单和端直正好应该和西安的街道一样。

西安保存下来全国唯一一圈完整的古城墙，不仅对西安，而且对于这个泱泱大国的古代文明来说，正好留下一个完整的标志，一道不可复原复制的古代城池的标本，弥足珍贵。开放的西安获得了自己的发展，终于有财力修复残缺破损的城墙，终于完成了城墙的“点亮”工程。入夜，美丽的古城的轮廓可以使我们笑慰古人，亦可骄傲地指点给海内外的朋友。

又是前几年，我在一家报纸上看到一篇嘲讽西安人的文章，说西安人思想保守观念落后的象征便是这城墙，城墙是一个封闭的思想象征。在开放的中国和中国的西安，在即将进入21世纪的临界线上，一座明代的古城墙怎么能封闭现代西安人的思维和西安人的观念？现代高科技现代网络信息现代新的知识，难道依靠马车和云梯翻越城墙闯入城门洞么？

作为一个西安市民，我真是感激那些为保存西安城墙的完整和完美而表现出远见卓识的人们，这是一种悠长的历史和深沉的文化意识。我也同时期望着，这座古都曾经在国家和民族的漫长的历史长河中的独有的辉煌，在现代西安人的手里得以重现。

活在西安

又一部历史题材的电视连续剧《大明宫词》轰动了，西安一家发行量居高的报纸在报道这一久违的盛况时，用了“风卷荧屏”作为标题词，是没有夸张的。我也是被“风卷”的一个观众。《大明宫词》使我看见了中国人的别一种形态，即距今大约1500年前的中国唐朝人的生活形态，尽管这种生活形态基本局限于宫廷深闱之中，尽管这种生活形态只能看作是千余年后的今人对唐人的猜想和模拟，然而仅那服饰、发型、礼仪和宫廷的建构和饰物，似乎都显示着一个年轻王朝的气度和活力。且不论宫廷王座上下演绎着怎样惨烈的争夺，也不论大明宫里的争夺和拖着长辫子的人们在故宫里的争夺有何相似相异之点，我只是有一种最肤浅最外在的感觉，在我们的漫长的封建帝制的历史中，处于鼎盛时期的唐人和处于帝制末日的清人的差异，就如一个青春汉子与一个垂死于棺材边沿的昏朽者的那种既十分截然又难以叙说的差异。

看着屏幕上那些唐人的雍容和威仪，女人们包裹很浅的胸脯，我的思路总是偏离开颇为激烈紧张的剧情，陷入作为一个纯粹的西安人的癖好：这些人和这些人的曲折的故事，就发生在那时称长安的今天的我生活着的西安吗？她们拖地的长裙和高贵的软靴，就拖在踩在西安北郊的那片被荒草掩遮着础石的大明宫遗址里头吗？简直不可想象也不可思议，西安曾经在千余年前那么风光那么神气过？这就是被外地人甚至本地人几乎一致看作封闭、顽固、落后、逃之唯恐不及的西安吗？面对那个只容许想象而不堪对照的辉煌，后来的西安人的我真是觉得羞了唐人这个祖宗先人了。

手边正好有一本刚刚出版的第二期《延河》杂志，刊登着上海女作家潘向黎的散文《东边我的美人西边黄河流》，开篇便直言不讳——你愿意生活在哪个时代？有一天，突然有人这么问我。

——唐朝！当然是唐朝。作为中国人，我想象不出比那个时代更让人向往的了。

潘向黎的这篇散文写得见情见性，挥洒自如，字里行间跳荡着她如同咸阳原上游侠少年那样饮酒纵马的豪情和逸致。那个时代的唐都长安的繁荣和文明，我是无法想象的。据说包括日本等邻国和以卷发深眼美髯为特征的波斯人，求学经商学佛取经以及朝拜者无以数计，单是取得“绿卡”长年定居长安者不下三万人，不少人已经进入长安社会生活的各个领域，有的甚至进入王朝深宫的中枢部位。高度的文明和超级的繁荣产生吸引力，也拥有自信、雍容大度和巨大的包容性，对外可以容纳整个世界的来宾，对内自然不会在乎咸阳原上最早出现的那些“嬉皮士”式的游侠少年的飞扬跋扈和放荡不羁了，恐怕只有小气的王朝才计较百姓口里说了什么脚下踩了什么。

千余年来，这个长安一步一步萎缩下来，明洪武年间重新整修的保存至今的这一圈城墙，尽管在全国属于独一无二的规模最大最完整的古城墙，其实仅仅只是唐长安城的七分之一。我曾泛起小孩的童趣加以想象，也终究想象不出七个现今西安城区的规模会是怎样的一种格局和派势！真是无可奈何花落去，废都的萎缩是不可逆转的。

最可怕的萎缩在心理和精神上，自信不起来，雍容大度也流失一空了。落后陈旧所酿制的过时的腐气和霉气挥斥不去。

外边的人来这个城市的目的，首先是看地下埋藏的作为往昔文明和繁荣的殉葬品，陶制的秦军兵阵所模拟的阴司其实吓不住一只苍蝇的威严；或是偷窥唐公主墓道里已经脱皮掉渣的壁画上女人们敞开的胸脯，不无淫酸之气地啧啧一声："我们的祖先早就'性解放'了嘛！"落后就要挨打，这是就一个国家在世界格局中的情形而言：在一个国家之内，落后的地区和落后的省份就会被轻视被不在乎，甚至连落后地区的本地人也常常自我嘲讽和自轻自贱。有一位来自较发达城市的作家逛了一圈西安，然后把逛感发表在西安一家报纸上，最引人注目的一句结论是，四堵城墙封闭着西安人的思维，西安端端正正的井字形街道造成了西安人的思维的简单，因为走路不拐弯也就不动脑筋了。如果这话可靠这个诊断准确，我真想建议省和市的领导拆除城墙，同时把井字街道改造成曲里拐弯的形状来，起码让后世子孙从学步就开始走弯路动脑筋形成复杂思维。只怕未来的子孙嘲笑提出这个观点和实施这个“药方”的人同样犯下简单思维的幼稚病。没有办法，活在西安的我，现在还得忍受诸如这种简单到轻薄的思维的轻视。

近年间，省和市的党政领导不断更替，然而一个决心却一脉延续下来，这就是：重振汉唐雄风。切实地想来，这个距离是比较大比较远的。作为古长安和广而大之的三秦地域的当代领导人，以如此的雄心和使命感去奋斗那个汉唐雄风的目标，确是令人鼓舞的。其实，西安和陕西已经有许多可以骄人骄世的且是无可替代的“拳头”了，一位在国防工业系统的作家告诉我，五十年大庆通过天安门广场的天上和地下的兵器，其中一半产自陕西，长起的就不只是西安人的自信和豪情了，只是这些家伙不能像粤港京沪的新型消费品那样摆上超市的柜台，然而一个民族的脊梁却毕竟硬朗起来了。

汉唐雄风，一个遥远的梦。当今中国的发展方略能够产生这样的梦，直到实现这个美梦，肯定不是一代两代人的事，然而开发西部的方略已经启动，行程已经开始，总是会逐步接近以至达到的，到那时我将会是一个幽灵，邀上也许还健在的潘向黎，去观赏咸阳原上超现代的游侠少年的风姿，当是一种慰藉。

后记

本书以人民文学出版社2015年版《陈忠实文集》、华中科技大学出版社2014年版《梅花香自苦寒来：陈忠实自述人生路》《此身安处是吾乡：陈忠实说故乡》《悲欢离合总关情：陈忠实说文化》为参考版本。为尊重作者原作，仅对部分标点、文字错误进行了修订。